料理屋おやぶん
～まんぷく竹の子ご飯～

千川冬 senkawa tou

アルファポリス文庫

https://www.alphapolis.co.jp/

目次

序

天から降り注ぐ陽差しが、ずいぶん柔らかくなった。

輝く陽を浴びていると心も晴れやかになる。往来を行き交う人の顔も楽しげで、町のざわめきも心なしか大きいような気がする。

お鈴《すず》がほがらかに通りを歩いていると、眼前の空気を青い何かが切り裂いた。

きゃっと声を上げて体勢を崩しかけたところを、弥七《やしろ》が支えてくれる。

「お鈴ちゃん、大丈夫」

「すみません、ありがとうございます」

「見て、燕よ」

弥七が指さした先には、空を舞う燕の姿があった。

「もうすぐ春ねえ」

青黒い翼にお天道様《てんとうさま》の光を受けて飛ぶ燕は、春の到来を告げる遣いのようで、お鈴は空を振り仰いで頷いた。

あっという間に年が明けて、もうすぐ弥生《やよい》だ。

今年の冬は寒さが長引いて、このままなのではないかと案じていたが、ここ三日ほどで急に暖かくなり、ひといきに春の気配がやって来た。

凍える間は出かけるのも難儀だから、ずっと引きこもって過ごしていた。それがやっと外に出られる空気になってきたので、しばらく行えなかった用事を少しずつ増やし始めている。今日は日本橋などの店を覗いて、いい食材を手ごろな値で購《あがな》えるところがないか探しに行ってきた。

お鈴が働いている飯屋・みと屋はちょいと訳ありな店で、かつては棒手振《ぼてふ》りすら来ない有様《ありさま》だった。なんとか馴染みを作って、今では安定して食材を仕入れられるようになったが、よいものを仕入れられる店と繋がっておくに越したことはないし、世の相場や今年の野菜の出来などを知っておかねば舐められる。それもあって、みと屋が休みの日には定期的に町に出るようにしていたのだった。

歩みを進めていると、陽気な歌が聞こえてくる。隣の弥七が鼻歌を歌い始めたのだ。なんとも呑気な様子にくすりと笑みを浮かべた。

弥七はみと屋で働く仲間だ。目元涼しい色男で、身体つきはなよりと細く、形のいい唇には紅が一差し。鼠色《ねずみいろ》の着物に洒落《しゃれ》た根付を垂らしており、はんなりした口ぶりも相まって、どこぞの人気役者としか思えない。

　しかしその実、役者どころか奉公人ですらない。かつてはカマイタチの弥七とあだ名された凄腕の殺し屋で、店の主・銀次郎《ぎんじろう》との腐れ縁でみと屋を手伝っているのだ。ちなみに二つ名であるカマイタチとは、紙切れのように薄く研いだ匕首《あいくち》を懐《ふところ》に忍ばせており、その切り口があまりにも鋭かったことから名づけられたそうな。

　袂《たもと》に手を入れて、天を仰ぎながら鼻歌を歌う姿は、虫すら潰せそうにない。人は見かけによらないものだとしみじみ思う。


「そういえば、おとっつあんは元気にしてる」

「はい。藩に戻って息災にやってます。早く隠居したいそうですが、どうしてもと頼まれて、賄方《まかないかた》を手伝ってるみたいで」

「お鈴ちゃんのおとっつあんほどの腕は、なかなか手放せないわよねえ。まあ変わりがないならよかったわ」

「はい。便りもくれるので、安心してます」

「次は偽の便りに騙《だま》されちゃだめよ」

　弥七はからからと笑った。

お鈴が江戸に出てきて間もなく一年になる。

もともとは甲州街道近くで暮らしており、父の料理屋を手伝っていた。しかし突如おとっつあんが姿を消し、おっかさんは心労がたたって病《やまい》で亡くなってしまった。

おとっつあんの行方を捜しに身一つで江戸に飛び出てきたのはいいが、もちろん行く当てもなく、疲れで倒れたところを助けてくれたのが、みと屋の主・銀次郎だった。銀次郎は元やくざの大親分という人物で、成り行きでみと屋で働くことに。

みと屋は料理屋だが、元やくざの親分が開いたという噂《うわさ》のせいでめったに客が来ない。そのくせに厄介ごとだけはしょっちゅう舞い込んできて、去年はおとっつあんの名を騙《かた》った破落戸《ごろつき》にお鈴が騙《だま》されて、危うく飯盛り旅籠《はたご》に売り飛ばされるところだった。生きた心地のしない日々を過ごしたものだが、その末に捜していたおとっつあんに会えたのだから、人の世は何が起きるか分からない。

おとっつあんはもともと安中藩《あんなかはん》で賄方《まかないかた》を務めており、腕のいい料理人として評判だったが、藩のお家騒動に巻き込まれ、無実の罪を着せられて逃げていた過去があった。その後は町人に身をやつして甲州街道の近くで料理屋を開いて暮らし、お鈴が生まれたのはその頃だ。だから、お鈴自身に安中藩の記憶はないし、おとっつあんが武家の出身だと言われてもいまだにぴんとこない。

おとっつあんとおっかさん、そしてお鈴。三人で店を支えながら仲睦まじくくらしていたが、藩に居場所がばれたため、おとっつあんは家族に迷惑をかけぬようお鈴達の前から姿を消したのだった。

しかしその濡れ衣も見事に晴れ、今は藩に戻ったところであった。


「そういえば、お鈴ちゃんがみと屋に来てもうすぐ一年じゃない」

「そうなんです。本当になんとお礼を言えばいいのか」

「何言ってるの、礼を言いたいのはこっちのほうよ。お鈴ちゃんが来てくれなきゃあ、みと屋は大変なことになってたわよ。そうだわ、お祝いしましょ。お祝い」

「いえ、そんなの申し訳ないです」

「こういうのは盛大にやらなきゃ。加代《かよ》さんとか新之助《しんのすけ》さんも呼びましょうよ」

歩きながらそんなやりとりをしていた時だった。

「あにい、あにいやないか」

よく通る声が二人の会話を遮《さえぎ》った。

往来の隅からこちらを見つめる男の姿がある。面立ちは若く、可愛らしい犬のようだ。背丈も小柄なので年の頃が分かりにくいが、だいたい二十がらみだろうか。

男の視線の先には弥七の顔があった。弥七はしばらくぽかんとし、一瞬だけ狼狽《ろうばい》した表情を浮かべた後に、目を大きく開いた。

「あんた、もしかして喜平《きへい》かい」

「そうや、喜平や。ああ、やっぱりあにいや。ずっと会いたかったんやで」

喜平と呼ばれた男はこちらに駆けてきて、弥七に抱きついた。弥七がその背中をぽんぽんと叩く。

「まさかこんなところで会うとはねえ。ずいぶん久しぶりじゃない。元気にしてたの」

「まあなんとかやってるわ。あにいはどないしてる」

「あたしも相変わらずよ。あんた、いつ江戸に出てきたのさ」

「つい最近やな。まさか江戸に来て、こないすぐにあにいに会えるなんて思わんかったわ」

喜平の目はうるんでいる。弥七の眼差しも柔らかだ。

どういう相手かは知らないが、きっと長い付き合いなのだろうと察しがついた。

「で、今はなにやってんのさ。まさかまだ昔の仕事やってんのかい」

「やめてくれや、とうの昔に足を洗《あろ》うて、まっとうに暮らしとるわ。せやけどこの景気やろ、なかなか雇ってくれるところものうて、その日暮らしでしのいでるわ」

喜平は困ったように頭を掻いた。

「で、弥七のあにいはなにやってんや。相変わらずか」

「ま、あたしも色々あってさ。今はね、料理屋を手伝ってんのさ」

喜平は口をあんぐり開けて、固まった。

「りょ、料理屋やて。あにいが？　料理屋？」

「なんだい、あたしが料理屋手伝っちゃあ悪いってのかい」

「そ、そんなことないけどな。だって、あにいやで？」

「みと屋って言ってね、水道橋《すいどうばし》を渡って少し先にある店なのよ。客はあんまり来ないけど、お足は手ごろで料理は絶品。それで、料理人はこのお鈴ちゃんよ」

肩に両手を置かれて驚いた。慌てて「お、お鈴です」と頭を下げる。

「おいらは喜平や。弥七のあにいとは古い付き合いやさかい、よろしくな」

喜平がくしゃりと破顔する。屈託のない笑顔に、肩の力が少し抜けた。

「はい。よろしくお願いします。あの、よかったらみと屋にも遊びにいらしてください」

「ああ、近いうちに寄らしてもらうわ。弥七のあにいが働いてる姿も見てみたいしな」

「ちょっとあんた、馬鹿にしてるでしょう」

「そんなことないて」

喜平はくつくつと笑い、手を上げた。

「ほな、また。そのうち店に顔出しに行くわ」

「はい、お待ちしています」

礼をして頭を上げた時には、喜平は角の向こうへ消えていた。

「お鈴ちゃん、ごめんね。なんだか変なところ見せちゃって」

「いえいえ、馴染《なじ》みの方にお会いできてよかったですね」

「まあ、そうね。もう五年ぶりくらいかしら。あたしが昔大坂《おおさか》にいた頃の知り合いでねえ。江戸で会うなんて思ってもいなかったから驚いちゃった」

「どういうお知り合いだったんですか?」

何気なく発した問いだったが、弥七はにやりと口角を上げた。

「何言ってるの。殺し屋の知り合いに決まってるじゃない」

第一話　まんぷく竹の子ご飯

一

「客が来ねえ」

「もう、親分それればっかりじゃない。客が来ないのはいつも通りなんだから、気にしなくていいのよ」

「うるせえ、ばかやろう」

店から聞こえてくるのは、いつもと変わらぬみと屋の音だ。客が来ないとこぼす銀次郎に、なだめる弥七。お鈴は苦笑しながら湯飲みに茶を入れた。

「お二人とも一服いかがですか」

盆を持って厨房から出ると、二人が面《おもて》を向けた。

「あら、お鈴ちゃんありがとう。ちょうど飲みたかったところなのよ」

床几《しょうぎ》に腰かけていた弥七が、お鈴に手を振る。

小上がりに陣取り、「ふん」と鼻を鳴らしたのは銀次郎。膝の上には丸くなった黒猫の姿がある。

ずんぐりと大柄な身体つきに、いかつく平たい顔。頭の上には小さな髷《まげ》が結われており、目と目の間は広がっていてひきがえるを思わせる。

始終不機嫌そうに鼻を鳴らす銀次郎はみと屋の主であり、かつてはやくざの大親分だった人物だ。仁義を大切にした名親分だそうだが、今ではすっぱり足を洗っている。

「まだ熱いので、気をつけてください」

それぞれの前に湯飲みを置いて、ぐるりと店内を見回した。

看板障子に紺の暖簾《のれん》。床几《しょうぎ》が二つに小上がりが一つ。隅には神棚が飾ってある。

銀次郎と弥七の他に人はおらず、いつも通りの閑散《かんさん》とした光景だ。

しかし、そのいつも通りの景色がとても愛おしい。


お鈴が働くこの店は、料理屋「みと屋」。

神田明神《かんだみょうじん》から歩いて少し、水道橋《すいどうばし》を渡ってすぐ。川べりにある二階建ての建物で、店の隣には立派な柳の木が生えている。

料理を出すのは日中のみで、酒やつまみは扱っていない。誰でも気軽に食べられる定食が主だ。しかし近くの店よりお足は手ごろ。自慢じゃないが、食材だって負けてはいない。

だというのに、この店にはいっこうに客が来ず、いつも閑古鳥《かんこどり》が鳴いている。

それもそのはず。

やくざの大親分が開いた料理屋という噂《うわさ》だけが独り歩きして、なかなかお客が寄ってこないのだ。

怖いもの見たさで入ってくる客や、事情を知らずにやって来る客も時にはいるが、なにせ店主は愛想のかけらもない銀次郎である。瞬《またた》く間に怯《おび》えてそそくさと帰ってしまう。

実のところ、銀次郎が怖いのは見た目と物言いだけで、本人としては訪れるお客を精一杯歓迎しているつもりだし、人を思いやる心持ちは誰よりも深い。「みと屋」を開いた理由も、やくざの稼業に疲れた心が料理で救われたことで、自分も誰かの心を救えるような料理を食わせてやりたいと思ったからだ。

お鈴がこんな訳ありの店で料理人をしているのも、父を捜しに江戸に出てきて行き倒れたところを銀次郎に助けられたためである。

父と再会して、共に藩に戻るという道も選べたのだが、お鈴は自らの意思でこの店に残ることを決意した。

銀次郎と弥七と共に、「みと屋」を繁盛させる。それが自分の道だと思ったからだ。

とはいえ、その道のりはまだまだ前途多難であった。

「あーあ、それにしても、客が来るいい算段はないかしらねえ。そうだ、いっそのことすっごく値の張る料理でも出しちゃう？　八百善《やおぜん》みたいにしてさ、一両くらいつけちゃいましょうよ」

「ばかやろう、そんなもん誰も食いに来るわけねえだろう」

「分かってるけどさあ」

　ふてくされる弥七の隣にお鈴は腰かけた。

　話の切れ目を見計らって、口を開く。気にかかっていたことがあり、二人に話したかったのだ。

「あの、少しいいでしょうか」

「どうしたの、お鈴ちゃん」

「えっと、このところお客さんって来ていないですよね」

　弥七は鳩が豆鉄砲でも食らったような顔をした。

「どうしたのお鈴ちゃん。このところどころか、ずーっと来てないじゃない。どうしましょう、客が来なさすぎて疲れちゃったのかしら」

「あ、いいえ、そうじゃないんです。やっぱりそうですよね」

　眉根を寄せるお鈴を見て、銀次郎が「どうかしたのか」と声をかけた。

「いえ、あの、でも、たぶん気のせいだと思います」

「いいから言ってみろってんだ、ばかやろう」

　雷が落ちて、お鈴は飛び上がった。銀次郎は短気な質《たち》ゆえ、うじうじ迷っていると叱られることがある。こうした銀次郎の物言いにもずいぶん慣れたものの、まだ時々びくりとしてしまう。

「じ、実は、最近野菜がなくなっている気がするんです」

「なんだと」

「あ、でも大根一本とかなので、あたしの気のせいかもしれませんし」

「もしかして鼠とかじゃないの」

「それなら齧《かじ》った跡があるはずです。そうじゃなくて、あたしの覚えていた数と合わなくて」

　野菜や魚はその日ごとに棒手振《ぼてふ》りから購《あがな》っているし、たいして客も来ないけれど、食材が余ることはめったにない。しかし、日持ちするものは安い時に多めに仕入れることもあるし、干した魚やぬか漬けもある。それらが時折減っている気がするのだ。日に魚一切れとか、漬物が少しとか、そういう減り方だから、はじめはお鈴の気のせいかと思った。だが、どうも続いているようで、胸の内がもやもやして誰かに打ち明けたかったのだ。

「分かったわ」

弥七がぱちりと手を合わせた。

「親分が、料理の修業をしようとして、あたし達がいない時にこっそり使ってるのよ」

「そんなわけがあるか、ばかやろう」

「料理の腕を上げようとして、切ったり煮たりして使ってたのよ。そうに違いないわ。ねえ、そうなんでしょう」

「てめえ、ぶっとばすぞ」

そう、銀次郎はこのみと屋の主でありながら、どうしようもなく料理が下手なのだ。行き倒れていたお鈴を助けてくれた際も、心づくしの茶飯の握り飯を食わせてくれたはいいが、茶と醤油を間違えており、あまりのまずさに意識を失ってしまったほどだ。

「親分じゃないとすると、他に誰かしら。ねえ、魚とかもなくなってるの」

「はい。干物が時々」

「じゃあくろの仕業かしら。ほら、この子、魚には目がないし」

銀次郎の膝の上で丸くなっていた黒猫が目を開き、しゃーっと唸り声を上げた。

この黒猫は名をくろと言い、ひょんなことからみと屋の看板猫になっている。みと屋にいたりいなかったりと自由気ままに暮らしているが、銀次郎の膝の上がお気に入りの場所だ。

「あら、違うみたいね」

弥七が首を竦めた。

「食いもんの他になくなったもんはねえのか」

「はい、店の銭は減ってません。皿の数も変わりないです」

「盗人にしちゃあつつましいな」

「そうなんです。だから気味が悪くて」

銀次郎はむっつりと腕を組んだ。

「でかい鼠の仕業かもしれねえな」

「そうかもねえ」と弥七が呟く。

「え、でも、さっきも言った通り、鼠なら齧《かじ》った跡が」

「だから、でかい鼠なんだ。おい、弥七、ちょいと仕かけを作ってやれ」

弥七が楽しげに「あいよ」と返す。お鈴は「はあ」と相槌《あいづち》を打つしかなかった。

二

——お鈴、飯ができたぞ。

遠くから呼ばれた気がする。目を凝《こ》らすと、おとっつあんが笑っていた。横には
おっかさんもいる。なぜか姿がぼんやりしているけど、二人ともにこやかだ。ここは
どこなのだろう。おとっつあんの店だろうか。

——お鈴、さあ食べなさい。

おっかさんが椀を渡してくれた。靄《もや》がかかっていて何なのか見当がつかないが、箸
で口に入れる。優しい味が身体に染み渡った。おとっつあんの味だ。

——おとっつあんの作る飯は美味しいでしょう。

うん、と答えたいけど言葉が出ず、こくりと頷く。

大きな手が肩にのせられた。

——心と身体が疲れた時には、まず飯だ。どうにもならねえと思った時こそ、飯を
食う。うまいもんで腹いっぱいになれば、道も開ける。

おとっつあんの口癖が耳奥で響く。

教えてもらったこの言葉は、今でもお鈴の胸に刻まれている。

ねえおとっつあん、おっかさん。あたし今、みと屋っていう料理屋で料理人やってるんだよ。客はなかなか来ないけど、誰かの道を開ける飯を出せるよう、がんばってるよ。だからね。

そう言おうとした瞬間。

舞台の幕が下りたように、急に現実に引き戻された。

ゆっくりと目を開けると、そこに映るのは薄暗い天井。

どうやら夢を見ていたようだ。

家族みんなで店をやっていた頃の記憶が蘇《よみがえ》り、あの頃には戻れないのだと突きつけられた心持ちになる。目尻に涙が浮かんだ。

二度と会えないおっかさんに、元気にやってるよと伝えたかった。

たとえ、夢の中だとしても。


ここはみと屋の二階である。

お鈴は着の身着のままで江戸に出てきたため、住む場所のあてもなかった。しかし上で暮らしていいと銀次郎が言ってくれたので、二階の部屋に寝泊まりしているのだ。

ちなみに銀次郎と弥七は近くの長屋に部屋を持っている。

少し開いた明障子《あかりしょうじ》に目を滑らせると、空は僅かに白んでいた。もうすぐ夜明けのようだ。

こんな明け方に目が覚めるのは珍しい。もうひと眠りしようかと夜具の中で身体を動かしかけた時だ。

がたん。

どこかで音がした。

身体が強張る。気のせいだろうか。店の前を誰かが通ったのだろうか。己の身体を抱きしめる。

がた、がたり。

また、音がした。

みと屋の一階だ。店の中か、厨房か。お鈴の足下で何かが起きている。

もしも盗人だったらどうしよう。どこかに隠れるべきだろうか。とはいえ部屋には大きな箪笥《たんす》もないから隠れられる場所はない。二階に上がってこないかもしれないし、このまま布団に潜《もぐ》り込んでいたほうが安全かもしれない。

だがしかし。本当にそれでいいのか。

銀次郎も弥七もいない今、みと屋を守れるのは己だけだ。大切なみと屋に悪さをする奴がいるのなら、決して許せない。

不安と戦いながらしばらく逡巡し、震える手を握り締めて、小さく頷いた。

音を立てないように夜具から這い出し、机に置いてあった文鎮を手に持ち、そっと階段に足をかける。心の臓が早鐘を打つ。一歩一歩、ゆっくりと階段を踏みしめる。

一階に辿り着いた時に、奥からまたがたんどしん、という音が聞こえた。間違いない。厨房に何かがいる。

足が竦み、がたがたする。懐剣のように文鎮を構え、少しずつ厨房に近づいてゆく。逃げたくなる心を奮い立たせ、勇気を振り絞り、柱の陰から厨房を覗いた。

「あれ……」

思わず間の抜けた声が漏れた。

柱の隙間から見える厨房には、誰の姿もなかったからだ。

胸を撫でおろした瞬間、がたんばたんと足元で音がして、「ひゃっ」と悲鳴を上げた。

厨房の床に広がる白くてねばねばしたもの。それに搦《から》めとられてじたばたともがく子どもの姿。

何が起きているのか理解できず、お鈴は頭の中が真っ白になった。

子どもは十歳ごろでずいぶん薄汚れており、服は継ぎだらけで髪はぼさぼさ。目だけは爛々《らんらん》と輝いている。その子がねばねばから逃れようとして、じたばた音を立てていたのだった。

「おい、卑怯なことしやがって、なんだよこれ。早く離せよ」

立ち竦むお鈴に気づき、悪態をつく。

何が何やら分からなくなったお鈴は、張り詰めていた気が緩んだのも相まって、その場にへたり込んでしまった。

＊

みと屋の店内では、縄で縛られた子どもが床几《しょうぎ》にのせられていた。

あれから気を取り直したお鈴は、ねばねばしたものに搦《から》まった子どもを助けようとしたが、なにせ粘着が強くてちっとやそっとでは外れそうにない。弥七が仕かけていたトリモチだそうだが、あまりに大きいし力が強くて、下手をしたらお鈴まで搦《から》めとられそうな有様《ありさま》だ。しかも手や服を引っ張ってやろうとすると、そのたびに子どもがひどい悪態をつく。ほとほと疲れ果てて銀次郎と弥七が店に来るのを待ち、二人に引きはがしてもらったのだった。

「それで、あんたの名はなんていうのさ」

「うるせえ、早くほどきやがれ」

見下ろす弥七に、子どもは喚《わめ》いて身体をばたつかせた。長らく風呂に入っていないのだろう。垢じみた体臭がした。

「いいから大人しくしなさい。本当にもう」

身体を激しく動かして縄から逃れようとする子どもに、銀次郎の雷が落ちた。

「名を言えってんだ、ばかやろう」

小上がりでどっしり座って、ひと睨み。視線だけで人を殺せそうな銀次郎である。

子どもは身体を震わせて泣き出しそうになったが、唇をぐっと噛みしめた。

「三太《さんた》」

ふてくされたように言う。

「あんた、なんでみと屋に忍び込んだのさ」

「さあね、夜道がまっくらで、帰るねぐらを間違えちまったんだよ」

「この辺に長屋なんてないし、間違えるはずがないでしょ。あんたが食べ物を持って行ったんでしょう」

「だから知らねえんだって。ちょいと迷っただけだよ」

「もう、そんなわけないでしょう」

弥七の問いかけに白《しら》を切り、飄々《ひょうひょう》と受け答えをする。

そんな最中のことだった。

ぐうう。

三太の腹の虫が大きな音を立てた。

「あら、お腹空《す》いてるのね」

「う、うるせえ」

「おい、お鈴」

銀次郎はむっつりした顔で言った。

「こいつに飯、食わせてやれ」


三太はよく食べた。茶碗に山盛りでよそった白米が瞬《また》く間に消え去り、遠慮もなく無言で器が差し出される。あまりに減るのが速いので、三杯目は丼《どんぶり》に盛ってやった。

朝から気が動転していたし、厨房をトリモチと三太が邪魔していたので飯の準備は何もできていなかった。時がかかることを伝えて新たに飯を炊いたのだが、多めに炊いておいた己を褒めてやりたい。

漬物に加えて干物を炙《あぶ》ったものを添えて出したが、三太はそちらも数口で食べきってしまった。はじめはどう接していいのか図りかねていたけれど、うめえうめえ、と漏らしながら元気よく食べる姿を見ると、まだ幼い子どもなのだなと思う。

「あんな夜中に何してたのさ」

「ここんとこ、あったかくなって気持ちいいだろ。夜風にあたってたんだよ」

「で、なんでみと屋に忍び込んだの」

「だから言ったたろ。住んでる長屋と間違えちまったんだよ。寝ぼけちまってさあ」

「よく言うわよ、どう見てもここは長屋じゃないでしょう」

「暗いとよく分からねえんだよ」

「じゃあ、あんたはこのあたりに住んでるのかい」

「そんなとこだよ」

「そんなとこってどこなんだい」

「うん、まああっちのほうだよ」

三太は箸で右手のほうを指した。

「まったくもう」と弥七はあきれ顔だ。

「あんた、親はいるのかい」

そう問いかけた時、人を喰った返答を続けていた三太が、きゅっと眉をひそめた。目に鈍い光が灯る。

「まあ、いるよ」

「そうかい」

弥七はそれ以上何も問わなかった。三太も口をつぐみ、みと屋に静寂が落ちる。

と、看板障子がからりと開いた。

「悪いな。今日はやってねえんだ」

銀次郎がすまなそうに声を上げたが、すぐに「ふん」と不機嫌そうに鼻を鳴らした。

店に入ってきたのは、二本差しに黒羽織、袂からは朱房《しゅぶさ》の十手《じって》を覗かせる若い男。顔はなよっとして頼りなさげな同心・内藤《ないとう》新之助であった。

新之助は南町奉行所の定町廻《じょうまちまわ》り同心で、とある事件を通じてみと屋の常連になってしまった。心優しく生真面目で、お鈴達のような町人にも丁寧に話してくれる。ただ堅物すぎて融通が利かないところもあり、奉行所にはあまり友がいないらしい。同心が元やくざの営《いとな》む料理屋に通うのもおかしな話だが、ちょくちょく顔を出しにやって来るのだった。

「あっ、そういえば暖簾《のれん》がかかってませんでしたね。失礼しました。ついいつもの癖で」

申し訳なさそうに頭を掻く新之助だったが、普段と違う空気を察し、「どうかしましたか」と訝《いぶか》しげな顔をした。

「いや、それがあの」

どこから話せばよいやらお鈴があたふたしていると、三太はぱっと立ち上がった。

「じゃ」と手を挙げ、開いたままの看板障子から外に駆け出していった。

一瞬の出来事で止める間もなく、呆然とするお鈴。

弥七はおもしろい子ねえと笑い、銀次郎は黙って煙管《キセル》をふかす。

全員の顔を見回して、新之助は「何があったんです？」と尋ねたのだった。

＊

「なるほど、そんなことがあったのですか」

お鈴と弥七で事の次第を説明すると、新之助は顎に手を当てた。

「食べ物を盗んでたのは、あの三太で間違いないわね。思った通り、大きな子鼠がひっかかったものだわ」

「お家の事情で、ご飯が食べられていないんでしょうか」

「そうね。お鈴ちゃんもあの子の身なりには気づいたでしょう」

丈が合わない継ぎだらけの着物に、骨ばった身体。顔は垢じみていて、髪も砂と泥で汚れていた。どうして盗みなんてという腹立ちよりも、三太への心配が勝っていた。

「住んでる長屋と間違えたなんて言ってたけど、まっとうな長屋に住んでたら周りが世話を焼いてくれるもんよ。ちゃんとした寝床があるのかどうかも怪しいわね」

「親はどうしてるんでしょうか。何かわけがありそうでしたけど」

「あの様子だと、子どもの面倒を見ていないことは確かよね。子育てをせずにほっつき歩いてるのかもしれないし、病《やまい》で倒れて働けないのかもしれない。悪事を働いてる碌《ろく》でもない親かもしれないし、そもそも親がいなくてあの子一人で生きてるのかもしれない」

「でも、近くの大人が助けてあげたりしないんでしょうか。江戸の町だと、身寄りのない子どもは名主《なぬし》さんや寺が引き取ってくれるんですよね」

「そうね。お鈴ちゃんの言う通り。本当はね」

含みを持たせる弥七に「どういうことですか」と尋ねようとした。

そこに銀次郎が口を挟んだ。

「下手に関わると厄介な野郎もたくさんいる。そんな奴のガキにおめえは手を差し伸べられるか」

言葉に詰まる。困っている子がいたら助けてあげたいけど、もしもそんな状況に直面したら、迷わず手を差し出せるだろうか。己に害が及ぶことを顧《かえり》みず、動いてあげられるだろうか。

「それにな。上手く周りが気づいてくれりゃあ引き取り手や助けもあるだろうが、気づいてもらえねえことだってざらにある。長屋に住んでなくて、親が碌《ろく》でもねえ奴だとしたら、誰が気づいてやれるんだ。仕組みってのは便利だが、穴もたくさんある。

そしてその仕組みから抜け落ちてしまってる奴もいるんだ」

　新之助が肩を落とした。

「おっしゃる通りなのです。ひとたび仕組みの狭間《はざま》に落ちると、とたんに見えなくなってしまう。本当はそこにいるのに、いないことになってしまう。そんな子が実はたくさんいるのだと思います。なんとか救ってやりたいですがそうもいかず、情けない限りです」

「新之助さんは悪くないわよ。でも、三太もそういう子どもの一人なのよ、きっと」

　慰める弥七に問いかける。

「大人が助けてくれないとしたら、どうやって暮らしていくんですか」

「色んなところから食べ物を盗んで、なんとか生き抜いてるんじゃないかしら。うちみたいなところから少しずつ盗んでね」

「どこか働き先はないんでしょうか。子どもでも、丁稚奉公《でっちぼうこう》みたいな形で」

「この景気で、大人でも働き口が見つからないご時世だからねえ。ましてや、身寄りのない悪ガキを雇ってくれる店なんてそうそうないのさ」

「そう、ですね」

　なんとかしてやりたいが、もちろんみと屋にも人を雇う余裕などない。客が来ないのだから、むしろお鈴が働かせてもらえているだけでありがたい話だ。言葉が出てこず俯いてしまう。

「今は食い物を盗むくらいだけど、いずれ金を盗むかもしれない。このままだと裏の世界で生きるしかないから、なんとかしてあげたいけどねえ」

三太が去っていった先を、弥七はどこか遠い目で見つめていた。


「それで、新之助さんはどうしたの。飯を食べに来たの、それともお鈴ちゃんに会いに来たのかしら」

暗い空気を吹き消すように、弥七が明るい声を出した。

「あ、いや、その。まあ飯を食べに来たわけですが、最近悩んでいることもありまして」

「悩みってなあに」

「いえ大した話ではないので、今日でなくともよいのですが」

うじうじする様に業《ごう》を煮やした銀次郎が「いいからとっとと話せばかやろう」と雷を落とし、新之助はぽつりぽつりと話し始めた。

新之助の上役である与力《よりき》のもとに、山谷屋《やまたにや》という商家のご隠居から人捜しの相談があった。厳しい倹約家として知られていたが年と共に丸くなり、病《やまい》を患ったことを機にめっきり心が弱ってしまったらしい。病《やまい》は回復したが、人間いつ死ぬか分からないから、人生にやり残しがないようにしたいと考えたそうな。

そんなご隠居は、十年ほど前に命を救ってもらったことがあるらしい。付き人もつけずに一人で出かけていた際に、急に体調を崩して倒れ込んでしまった。そんな折に偶然通りかかった町娘が医者を呼んで、近くの店の一間を借りて介抱してくれたおかげで大事には至らなかった。調子がよくなった頃には娘は去っており、結局礼ができずじまいだったそうな。

その件がずっと心残りだったため、今こそあの町娘を見つけ出し、恩返しをしたいと言い出しているとのこと。

これまでご隠居は奉行所に多大な力添えをしてくれており、無下《むげ》にはできない。むしろなんとしても頼み事を聞かねばならない。

そんなわけで与力《よりき》配下の同心連中に人捜しの任が命ぜられたのだが、これがなかなか見つからない。同心達が手分けして捜すが消息が掴めず、ついに新之助にもお鉢が回ってきた。できる範囲で調べたが足取り一つ見つからず、ほとほと困り果てているのだという。

「そのご隠居とやらも、面倒なことを奉行所に持ち込んだわねえ。これだから金持ちって奴は困るわあ」

「人ってのはな、年を取ると己の過去を振り返りたがるもんだ」

「そうよね。それで親分なんか、みと屋を始めちゃったんだもんね」

弥七がからかい、銀次郎がうるせえと怒鳴る。

「それで、何か調べる手がかりはないの」

「娘は当時二十がらみだったそうで、今は三十くらいではないかと。後、助けられた時に名だけは聞いており、店で筆を借りて書き留めていたとか。その紙によると『りさ』という名のようで」

「つまり年ごろと名しか分からないってことね」

「そういうわけなのです」

「三十くらいの女なんて山のようにいるからねえ。それはなかなか大変だわ」

「せめて町に詳しい手下がいれば、もう少し細やかな聞き込みもできるのですが」

「新之助さんも同心なんだから、小者がいるでしょう」

「私の小者は、親の代から仕えてくれている隠居間近の岡《おか》っ引《ぴ》きくらいでして、最近は腰の痛みで臥せっている有様《ありさま》です」

新之助は深々とため息をついた。

三

鳥のさえずりに、風で揺れる葉擦れの音。

目の前には細い街道が続いているが、人通りがないのであたりの音がよく聞こえてくる。

お鈴は茶屋の店先に腰かけていた。

町はずれにちんまりと佇《たたず》む店で、薄汚れた幟《のぼり》が目印。構えも質素で、店先に簡素な床几《しょうぎ》が二つ並べてあるだけ。茶店と気づかずに通り過ぎてもおかしくないし、気づいてもわざわざ入らないかもしれない。

そんな店にお鈴を連れてきたのは、加代だった。隣に座り、にこにこ顔で身体を揺らしている。

「おまちどお」

腰の曲がった老婆がよろよろとやって来て、震える手で皿を置いた。そこに載っているのは団子が四串。

「さ、お鈴ちゃん、食べてみて」

串を手に取り、口へ運ぶ。一口噛みしめたとたん、雲を食べているような歯触りに包まれた。ふんわりもっちりして、やがてほろほろと溶けていく。こしが強い団子は以前に食べたことがあるが、こんなにふわふわした団子ははじめてだ。

「加代さん、何これ。すっごく美味しい」

「そうでしょう、凄いでしょう」

加代は得意げに頷き、団子を口に入れた。目を閉じながら頬に手を当て、「やっぱり美味しいわあ」と呟く。

「こんな団子はじめて食べた。よくこの店知ってたね」

「風の噂《うわさ》で聞きつけてやって来たら、噂《うわさ》以上だったのよ。それで次はお鈴ちゃんを連れてこようと思って」

加代は呉服問屋である大瀧屋《おおたきや》のひとり娘だ。結綿《ゆいわた》の髪に、ちょいと挿《さ》された品のいい簪《かんざし》。娘振袖を着て、頬には愛嬌《あいきょう》のあるえくぼ。育ちのよさが佇《たたず》まいから見て取れる。

加代が騙《かた》りに遭いかけた騒動を銀次郎達が見破ったことから縁ができた。ずいぶんと丸くなったものだが、お転婆娘《てんばむすめ》であることは変わらず、誰かれ構わず遠慮なくものを言う性分をしている。

お鈴とは年が近いことから親しい友達となった。今では時折みと屋に遊びに来たり、こうして茶店に団子を食べに行ったりする仲である。

「それで、みと屋はどうなの。お客は来るようになった？」

「ううん、なかなか」

「相変わらずねえ」

加代は次の団子に手を伸ばす。

「あ、でもそういえば変わったことがあったの」

三太の次第をひとしきり説明すると、加代はあきれた声を出した。

「ほんと、お客は来ないのに厄介なことだけはやって来る店ねえ」

あまりにも加代の言う通りで、お鈴は苦笑いするしかない。

「でも、それはお鈴ちゃんも大変だったわねえ」

「ううん、あたしは大丈夫なんだけど、なんだか驚いちゃって」

手に持った団子を見つめながら、言葉を続けた。

「あんなに小さい子が、誰にも助けてもらえずに一人で生き抜いてるなんて、考えもしなかった。色んなわけがあるんだろうけど、せめて近くの大人とか大家さんとか、誰かが助けてくれると思ってた」

「人の面倒なんて、余裕がないと見れないもんよ」

加代がぴしゃりと言った。

「子どもだとしても、食い扶持《ぶち》が増えるのは大変なことよ。同情だけでそう容易《たやす》く育てられないわ」

大店《おおだな》のお嬢様から現実的な話が出ると思っていなかったお鈴は、目を丸くした。

「そう、だけど」

「あたしは大店《おおだな》の娘だから、貧しいと思ったことはないし、そんな子達の苦労も分からない。でもね、あたしの知らない貧しい人達がたくさんいることは、おとっつあんから口すっぱく教えられてきたの」

加代は「だからね」と続ける。

「あたしはいっぱいお金を使うことにしてるの」

「どういうこと」

「おとっつあんに言われたのよ。金を使いすぎるのはよくないが、ちゃんと使いなさい。金は天下の回り物だからって」

ぽかんとしていると、加代が言葉を補ってくれた。

「たとえばね。あたしが呉服屋で着物を買うじゃない。そうしたら呉服屋にお金の余裕ができるから、その金で呉服屋の奉公人が鰻《うなぎ》を食べられるようになる。そしたらその金で鰻《うなぎ》屋の人が子どもにいいものを食べさせてあげられるかもしれない。金ってそうやって回っていくものだから、みんなで使わなきゃみんな幸せにならないし、そのきっかけは、あたし達大店《おおだな》が作るべきことなのよ」

「そっか。加代さんがみと屋でご飯を食べてくれるから、あたしが団子を食べることができるんだものね」

「そうそう、そういうこと」

「そんなこと考えてるなんて、加代さんは凄いね」

無邪気なお嬢様だと思っていたが、今日の加代は大人びて見えた。

「偉そうなこと言ったけど、全部おとっつあんの受け売り。ほんとはあたしが欲しいから着物や簪《かんざし》を買ってるんだけどだけどね」

加代は冗談っぽく舌を出してみせた。

加代のように余裕のある暮らしをしたことがないので、金を使ったほうがいいという言葉はよく分からないけど、金が回ってみんなが幸せになる、ということは腑に落ちた。色んな人が使った金が、三太のところまで巡ってくれることを心から願う。

「さ、そういうわけで金を天下に回しましょう。お婆さん、団子おかわり」

そう言って、加代は手を高く上げた。

四

天気のいい朝で、雀の鳴き声が耳朶《みみたぶ》をそよがせる。

身支度を調《ととの》えたお鈴は厨房に入った。

仕込みにかかる前に、壁際の小窓に近づく。みと屋の厨《くりや》には煙を逃がすための小窓があり、閉じられるようにもなっているが、今は開いたままだ。そして窓枠には何も載っていない皿が置いてあった。それを見て口元をほころばせる。

三太のことが気がかりで、どうにかしてやりたかった。考えた末、余った食材が出た日は、それを小窓に置いてやることにしたのだ。

客が来ないみと屋に余裕などほとんどない。食材の余りが出たとしても十日に一度くらいで、それも少ない量だが、試しに干物を置いてみたところ、次の朝には綺麗になくなっていた。

昨晩も大根を半分置いておいたが、今朝にはなくなっていた。三太の仕業かどうかは見当がつかないけれど、困っている誰かの助けになるのであれば嬉しい。

心が明るくなり、鼻歌を歌いながら仕込みを始める。まずは今日使う分の漬物を取り出して、ぬか床の手入れだ。

柔らかなぬか床に手を入れて掻き回していると、こつりと音がした。風で小石でも当たったのだろうと思ったら、再びこつり。

くろが悪戯《いたずら》でもしているのかと、閉じた小窓を開けてみた。

そこから見えるのはみと屋の裏側だ。生い茂る草木と井戸がある。いつもと変わらぬ光景に、ただの気のせいかと窓を閉めようとした瞬間。

眼前に、にゅっと顔が飛び出してきた。

きゃっ、と後ずさりして、体勢を崩しそうになる。

柱に手をついておそるおそる確かめると、子どもの顔が三つ並んでいた。年は五、六歳だろうか。男の子が二人に女の子が一人。顔は薄汚れているが、きらきらした目をしている。窓の下から足を伸ばして顔を出しているのだろう。

「お野菜くれるの、お姉ちゃんなんでしょ」

女の子が無邪気な声を出した。呆気にとられていると、男の子が「三太の兄ちゃんが言ってた」と続ける。

「あ、あなた達、三太ちゃんの知り合いなの」

三人揃って「うん」と首を縦に振る。

「兄ちゃん、俺達のためにご飯作ってくれるんだ」

「兄ちゃんの作るご飯、うまいんだぞ」

「ねー」

ということは、この子達のために料理をくすねていたのか。飄々《ひょうひょう》としていた三太に、そんな優しさがあったのかと驚いた。

そこへ「お前ら！」と叫び声が飛んでくる。

「まずい」と三人が首を引っ込めて、その代わりに道の先から駆けてくる三太が見えた。

「お姉ちゃん、ありがとう」

そう言い残して、三人の子どもは散り散りに逃げ出した。入れ違いに三太が息を荒らげてやって来る。

「あいつら、しょうもないこと、しやがって」

両膝に手をついて、肩を荒く上下させている。

「あの、水いる？」

見かねて甕《かめ》から水を汲んで渡してやった。三太は一息で飲み干し、ふうと息をつく。

「三太ちゃん、偉いのね。兄妹の面倒を見てるんでしょう」

一人で生きていくのも大変だろうに、子ども達の世話までしているなんて、本当に凄い。その年で親代わりまで担《にな》うとは、お鈴には見当もつかないほど重いものを背負っているのだろう。

そう思って素直に褒めたつもりだったが、三太は顔をしかめた。

「へっ、関係ねえや」

そう言い捨てて、その場を去っていったのだった。

＊

「そんなことがあったのねえ」

銀次郎と弥七が店にやって来てから、三太と子ども達の騒動を話した。

「あたし、何か怒らせるようなことを言ってしまったんでしょうか」

去り際の三太の表情が頭に焼きついている。むっとした目の奥にちろりと怒りの炎が見えたのだ。

「分からねえか」

「はい」

銀次郎は煙管《キセル》を一口吸い、吐き出した。白い煙がみと屋に広がっていく。

「おめえのやったことが悪いとは言わねえ。手を差し伸べることは間違っちゃいねえ」

だったらどうして、と言いかけて、目で制された。

「だがな、おめえのやったことは施しだ」

脳天を殴られた気がした。

「どんなに貧しくても、誇りを持って生きている奴もいる。同じ大根一本だとしても、自分の手で勝ち取ることと、憐れみで渡されるんじゃあ意味が違う。たとえ勝ち取る方法が正しくないやり方だったとしてもだ」

憐れんでなんかいない、と思ったが、銀次郎の言葉を否定することはできなかった。

「おめえにそんなつもりはなかったとしても、おめえの中にある憐れみの心に感づいちまったんだろうよ」

きっと、銀次郎の言う通りだ。

お鈴は首を垂れて、着物の裾を握り締める。

「ま、お鈴ちゃんのそういう優しさはいいことよ」

弥七が背中に手を当ててくれた。

「それにしても、あの子なかなかやるわねえ。この前ね、後を追おうとしたんだけど、綺麗に撒かれちゃった。よほど勘と目端が利かなきゃあ、この弥七さんからは逃げ切れないわよ」

「調べたのか」

「ちょいと気になってね」

どうやら弥七が自ら調べていたようだ。事件があった時には銀次郎の指示で動くことが多いので、珍しい。

「やっぱり親が碌《ろく》でもない奴だったらしくてね。飯を与えないどころか殴る蹴るも当たり前で逃げ出したみたい。どこに住んでるかは突き止められなかったから、転々としてるんじゃないかしら。兄妹がいたって話は聞かなかったし、同じような境遇の子の面倒を見てやってるのかもねえ」

「なんとかしてやりてえな」

「あれだけ聡い子だしね。まっすぐな道に戻れる機会を見つけてあげたいものだけど」

弥七がぽつりと呟いた。

五

くつくつと音がして、厨房に甘辛い香りが漂《ただよ》う。

竈《かまど》にかかった鍋を覗くと、茶に色づいた蛤《はまぐり》がごろごろ煮込まれていた。

今日の定食は時雨蛤《しぐれはまぐり》だ。時雨蛤《しぐれはまぐり》とは佃煮のようなもので、下茹でした蛤《はまぐり》のむき身を醤油や酒と刻んだしょうがで煮込む。ひたひたに漬かっていた汁が煮詰まり、汁気が飛べば出来上がり。

よく煮込んで一晩置くと味が染み込むし、保存食にもなる。しかし煮込みすぎて身が固くなったものより、ぷりぷりした食感を楽しんでほしいので、みと屋では作り立てを出している。

鍋を外し、器に盛りつける。三つ葉を置いて、彩り鮮やかに。

汁と飯を添えて盆に載せ、店に入る。

「はあああ」

「もう、さっきからため息ばっかりじゃない」

「辛気臭《しんきくせ》え奴がいたら客が逃げちまう。とっとと帰れ」

「親分ったら、逃げてく客なんてどこにもいやしないじゃない」

「うるせえばかやろう」

そこでは、みと屋らしい賑やかなやりとりが繰り広げられていた。

小上がりで煙管《キセル》をふかす銀次郎に、腰かける弥七。そして床几《しょうぎ》に座って深くため息をつくのは新之助だ。がっくりうな垂れて、時折「はああ」と息を吐く。

近寄って、新之助の横に盆を置いた。

「お待たせしました」

「ああ、お鈴さん」

新之助がのろのろと顔を上げる。

「飯は道を開く、ですよ。どうにもならない時こそ、しっかり食べてください」

覇気がない新之助は箸を重たそうに持ち、蛤《はまぐり》を口に運んだ。しかし一口噛むと、目を見開いた。噛みしめるごとに背筋がしゃんとしていく。

「これはうまい」

「よかったです」

「ほどよく甘じょっぱくて飯が進みますね。そして身がふわふわだ」

先ほどまでの憔悴《しょうすい》ぶりが嘘のようだ。蛤《はまぐり》と飯を交互にかき込む様を見て、お鈴は微笑んだ。

「あら、蛤《はまぐり》ね。なかなか立派じゃない」

「そうなんです。いい蛤《はまぐり》が入ったと棒手振《ぼてふ》りの人がわざわざ持ってきてくれて。だから今日は時雨煮《しぐれに》を作ってみました」

「そうだ、今度みんなで潮干狩りに行きましょうよ。それで、いっぱい蛤《はまぐり》を取りましょう」

「いいですね、行きましょう」

弥七とそんなことを話しているうちに、新之助はあっという間に飯を平らげて箸を置いた。今度はため息ではなく、満足げな息をふうと吐く。

「いやあ、一気に食べてしまいましたが、おかげで力が湧きました」

「それなら安心しました。それにしても、いったいどうしたんですか」

尋ねると、新之助は面《おもて》を曇らせた。

「実は、例のご隠居の人捜しがいっこうに進んでおらず、上役から厳しく叱責を受けまして」

まだ見つからないのかとご隠居から上役に連絡が入り、巡り巡って新之助に火の粉が降りかかったらしい。

「手がかりの一つも見つけられていないとはどういうことか、と四半刻に渡って叱責を受け、疲れ果てていたのです」

下手な言い訳をすると上役の怒りに火を注ぐし、お鉢が自分に回ってきたら大変だから、同僚達も見て見ぬふりをするだけだ。

「あと十日のうちになんとしても手がかりを見つけてこいと言われ、果たしてどうしたものかと。妙案も浮かばず、自在に使える手下も足りておらず。どうにも手詰まりで」

そもそも他の手練《てだ》れ同心でも成果が得られなかったものを、若輩がどうやって見つければいいのか。またしてもため息をつき始めた新之助になんと声をかけたらいいか分からず、おろおろしながら見守っていると、弥七が「そうだわ」と声を上げた。

「江戸の町に詳しい人がいるといいのよね」

「まあ、そういう者がいると、ずいぶん助かりますね」

「あの子よ、三太に力を借りるのよ」

「どういうことですか」

「あの子はしたたかに生きてるから、江戸の町の裏通りまで知り尽くしてるはず」

「はあ」

「この間ね、ねぐらを突き止めようとしたら、綺麗に逃げられちゃったの。あたしを撒くくらいだから頭も回るわよ」

「いや、弥七殿の言うことも分かりますが、さすがにあの子は。なんと申しますか、そもそもまだ子どもですし」

「あら、子どもが同心を手伝っちゃいけないなんて道理はないはずよ。それに新之助さんには手立てを選んでる余裕はないでしょう」

「まあそうなのですが、それはさすがに武士として」

「ふん」と銀次郎が鼻を鳴らした。

「悪くねえな」

「ぎ、銀次郎殿までそんなことを」

「ガキには心を許しやすいから、聞き込みも捗《はかど》るかもしれねえ。下手な小者よりよっぽど使えるかもな」

「いや、そうは申しましても」

「ほら、これで決まり。お鈴ちゃん、時々余った大根とかあげてたわよね。それに文をつけて呼び出しましょう。あ、でも文字が読めないかもしれないわね。馬の絵でも描いておけば午《うま》の刻って分かるかしら」

勝手に話を進めていく弥七。新之助は観念したのか、「お任せします」と言い残してみと屋を去っていった。

それにしても、弥七はずいぶん三太を気にかけているようだ。

銀次郎に言われたわけでもないのに、様子を調べに行っていたことを思い出す。確かに三太は目端の利く子どもだが、新之助の助けになりそうな人物なら他にも心当たりはありそうなものだ。弥七はあえて三太を推したのだろうか。

「三太ちゃんのこと、気になりますか」

弥七はお鈴の問いに、「そうね」と薄く笑った。

「なんだかね。つい、昔のあたしと重なっちゃってね」

「昔の自分、ですか」

「あたしもね。まあ色々あって、あんなふうに生きてた時があったのよ。面倒を見ずに捨てた親を恨み、助けてくれない大人に怒り、身体中に針を纏って生きてた時があったのよ」

弥七は柔らかな口調のまま続けた。

「でもね、その針は周りだけじゃなく、自分の心まで刺すの。だんだんね、心から血が流れていくのが分かるの。そうやって空《から》っぽになった心に、よからぬ気持ちが巣くったり、つけ入る輩《やから》が出てきたりする。そうなっちゃうとね、元の道には戻れなくなっちゃう。だから、そうなる前になんとかしてあげたいのよ」

「そう、だったんですか」

思えば弥七の過去を聞いたことがなかった。それ以上詳しくは語らなかったけれど、おそらく大変な苦労があったのだろう。だからこそ、三太が戻れるうちに正しい道に誘ってあげたい、という弥七の願いが伝わってきた。

「三太ちゃんにとって、いいきっかけになるといいですね」

「ええ」

銀次郎が煙管《キセル》を吸い、深く息を吐く。白い煙がたなびいた。

六

「やーなこったい」

床几《しょうぎ》の上で胡坐《あぐら》をかいた三太は、ぷいと顔をそむけた。

「あんたを見込んでのことよ。それにちゃんと手間賃も弾んでくれるのよ」

「へん、お上の手伝いなんてまっぴらごめんだね。金を積まれてもお断りだい」

大根に文をつけたところ、三太は三日後にやって来た。

折よく新之助も居合わせており、三太は三日後にやって事情を話したが、にべもない返事である。

三太は新之助を睨み、指さした。

「お前らはいつだってそうだ。俺達がどれだけ苦しんでも米粒一つくれやしない。だってのにちょっと困った時には手を貸せ、なんて言う。俺達つまはじきもんを都合のいい時だけいいように使うんじゃねえよ」

「三太ちゃん、新之助さんはそんな人じゃないの」

見かねて口を挟むが、三太は目を尖らせるばかりだ。

「おい、小僧」

銀次郎が声を飛ばす。

「確かにお上なんて碌《ろく》なもんじゃねえ。だがな、これはおめえにとっても悪くねえ話だ。働くところもねえんだろう」

「うるせいやい。俺はな、お上だけじゃなくてあんた達大人にも腹が立ってるんだ。俺や仲間達を見て見ぬふりするくせに、盗みはするなとか偉そうに言いやがって。俺は決めてるんだ。誰の力も借りずに、俺一人の力で生きていってやるってな」

威勢よく言い返されると思っていなかったのか、銀次郎が目を白黒させる。「なっ、てめえ」と言葉が口の中で混雑している有様《ありさま》だ。

「どうせ俺達はつまはじきもんだ。ほうっておいてくれよ」

三太が絞り出すように言った。

銀次郎は口をつぐんで、むっつりと腕を組む。

みと屋に沈黙が落ちた時、ぱちんと音がした。

「まあまあ、色々あるけどさ。せっかく来たんだから、飯でも食っていきなよ」

手を打ち鳴らした弥七は、お鈴に片目を瞑ってみせた。

どんな困難が降りかかろうとも、三太にはまっすぐ育ってほしい。そう願った時に、あるものが頭に浮かんだ。お鈴が取り出したもの、それは竹の子だ。

大きな岩があろうとしっかり根を張り、堂々と天を目指して伸びていく。

そうあってほしいと祈りながら、竹の子にさくりと包丁を入れる。

竹の子は春の名物だが、採れたはしからアクが増す。採れ立てのものはなかなか買えないので、そのままでは渋くて食べられたものではない。だがしっかりアク抜きをすれば差し障りはない。今お鈴が手にしているのは、折よく昨日、半刻ほどかけてぬかと唐辛子と一緒に煮込んでアクを抜いた竹の子だった。

竹の子を薄めの短冊に切り、頃合いを見計らう。釜の沸騰が終わって火を弱める際に手早く入れた。後は飯と共に炊き上げるだけ。こうして竹の子を柔らかくしつつ、飯に風味をつける。

「もう少し」

揺れる竈《かまど》の火を、じっと見つめた。


「お待たせしました」

厨房から戻ると、三太は床几《しょうぎ》で胡坐《あぐら》をかき、腕を組んでふてくされていた。妙に貫禄があり、銀次郎のようだとおかしくなる。

「さ、食べて」

盆を置くと、三太は訝《いぶか》しそうな目を向けた。

「どういうつもりだよ」

「ここは料理屋よ。料理屋が出すのは料理に決まってるじゃない」

「銭なんてねえぜ」

「知ってます。それよりお腹空《す》いてるんでしょう。お足はいらないから召し上がれ」

「ふん」

しぶしぶといった表情だが、腹が空《す》いていると見えて箸を取るのは早かった。飯を挟み、大きく口に入れる。箸を掴むというより握るようにして持ち、不器用に操りながら呑み込むようにかき込んでいく。

「よかったら、その出汁《だし》をかけると美味しいわよ」

三太はむすっとしたまま、吸い物椀に入っていた出汁《だし》を勢いよくかけた。中には鰹節でとった出汁《だし》が入っている。

茶漬けを食べるようにずるずると平らげ、八分ほど減っただろうか。

ふと、三太が手を止めた。険が和《やわ》らいだ目で、じっと椀を見つめる。

「うめえな」

ぽつりと言葉がこぼれた。

「よかった」

「これ、なんだ」

「これはね、竹の子ご飯」

「竹の子なのか」

三太が驚き顔で、しげしげと器を覗き込む。

「竹の子ってもっと渋くて苦いもんじゃねえのか」

「それはね、アクのせいなのよ」

お鈴はしゃがみ込み、三太に向き合った。

「竹の子って採ってすぐに食べたら美味しいけど、刻が経つとアクが出て苦くなっちゃうの」

「アク」と三太が繰り返す。

「でもね、アクが出ちゃっても、しっかり茹でてアク抜きをすれば美味しく食べられるようになるの。だから三太ちゃんが食べたことがあるのは、きっとアク抜きされてない竹の子ね」

お鈴はひたむきな眼差しを三太へ寄せた。

「渋くて苦くなってもいいの。アク抜きすれば美味しくなるんだから」

すべての子どもはまっすぐ伸びることができるはずだ。たとえ少しアクが出たとしても、しっかり向き合ってアクを抜けばいい。そう願う。

三太は箸を置いて俯いた。

口をへの字に結び、両手はきゅっと握り締められている。

「あたしもさ、あんたと同じだったのよ」

弥七が近寄り、三太の隣に腰かけた。目を合わさずに、三太と同じ方向を向きながら話を始めた。

「あたしのおとっつあんは破落戸《ごろつき》にもなれない半端者で、唯一のとりえは顔がちょっとばかし整ってたことくらい。ろくでなしの屑野郎で手がすぐに出るから、嫌気が差したおっかさんはあっという間に身を消しちまった。おとっつあんに子どもの面倒を見るなんて考えはさらさらないし、かといって長屋の連中が飯を恵んでくれた日には、物乞いみたいな真似するんじゃねえと怒り狂って隣近所に喚《わめ》き散らすから、だんだん助けてくれる人も減ってねえ。あたしはいつの間にか人様の家から銭や食い物をくすねるようになっちまったんだよ」

三太は顔を上げ、弥七を見ていた。

「そうやって生きてりゃあ誰もかれもが憎いようになっちまってね。こんなに苦しみながら生きているのに、あいつらはなんだ、って腹立ちの炎で燃え尽きそうになった時もあったものよ。そんなことやってるうちに、これまた碌《ろく》でもない奴らに引き込まれちまってねえ。そういう奴らの声は甘く聞こえるのさ。今まで誰も助けてくれなかった自分を、唯一見つけてくれたと恩義すら感じちまう。それで我に返ったら裏稼業にどっぷりさ。ひとたび沼にはまっちまったら、気づいた時にはどうしようもない。抜けるに抜けられず、いいように使われて仕舞い」

弥七は両手を広げておどけてみせた後、三太に向き直った。

「今思えばさ、あたしが一人で強がって生きてた時にも、気にかけてくれた人や手を差し伸べてくれた人はいたんだよ。まっとうな道に戻れそうな時もあった。でもそれに気づかなかったり意地を張ったりしてるうちにしょうもない道に進んじまって、帰ってくるのにずいぶん道草をくっちまったもんだよ」

弥七は「ね、親分」と声をかけ、銀次郎は「ふん」と鼻を鳴らした。

「あんたにはさ、大事な仲間もいるんだろう」

三太はこくりと頷いた。

「今はいいかもしれない。でもね、このままだとお天道様《てんとうさま》の下で生きられなくなっちまうよ。あたし達みたいな日陰者に機会なんて多くないんだ。掴むか掴まないか。あんたが決めな」

三太はじっと弥七の目を見た。弥七もまっすぐな眼差しで見つめ返す。

睨み合っているようにも、分かり合っているようにも見える。弥七の想いが届くことを胸の内で祈る。

「分かった。やってやる」

三太はにこりともせず言った。しかし声には力強さが漲《みなぎ》っていた。

弥七はにっと笑った。だしぬけに振り返り、新之助のほうを向く。

「ねえ新之助さん、この子が使える子だったらさ、小者にしてやってくれないかしら」

「え、ええ。この子をですか」

新之助が素《す》っ頓狂《とんきょう》な声を出した。動転して声が上ずっている。それはそうだろう。奉行所の事件を手伝ってもらうことすら異例なのに、同心の小者にするなんて聞いたことがない。それも身寄りのない子どもをだ。

「いや、しかしそれはさすがにですな」

「もちろんちゃんと成果を上げられたらの話よ。小者に値すると新之助さんが認めたらでいいから」

新之助は天井を見ながらうーむと唸ったり、首を捻《ひね》って「武士としては」などと呟いたり、しゃがみ込んで「父上になんと伝えればいいか」と地面に「の」の字を書いたりする。そうこうしているうちに、銀次郎に「しゃっきり決めねえか」と雷を落とされ、「分かりました」と立ち上がった。

「いいでしょう。私も男だ。その申し出引き受けましょう。しかし、小者に見合うと私が認めたら、の話ですよ」

「さすが新之助さん、やるじゃない」

弥七が強く背中を叩き、新之助が大きくむせる。みと屋に笑い声が戻ってきた。


「そうと決まれば、さっそく策を練ろうじゃないの」

弥七が半紙と筆を持ってきた。

「何から思案すればいいかしら」

「まずはあんちゃんが知ってることを全部教えな」

三太が新之助を指さす。

「こら、私のことは新之助様と呼べ」

「そんな堅いことといいからさ、仲良くやろうぜ」

「お、おぬし、さすがにその言い分は」

などの悶着《もんちゃく》を経《へ》て、新之助があらためて人捜しの一件を説明した。

「うーん」

三太が頭を掻く。

「なんかさ、妙じゃないか」

「何がだ」

「だってさ、あんちゃんの他にも同心や岡《おか》っ引《ぴ》きが雁首《がんくび》揃えて捜し回って手がかり一つ見つけられなかったんだろう」

「そうだ、だから困っておるのだ」

「腐ってもお江戸の同心連中なんだろう。さすがにそんだけ調べてなんにも見つかんないっておかしくないか。捜してる姉ちゃんが江戸から出てったとしても、もう少しなんかあるんじゃねえの」

「そうは言っても、見つからぬものは見つからぬのだ」

確かに三太の言うことにも一理ある気がした。人別帳《にんべつちょう》で足取りくらい分かりそうなものだし、しらみつぶしに長屋を回っていけば、何かしらの痕跡は見つかりそうなものだ。ただの町娘がまるで煙のように綺麗さっぱり消え失せられるものだろうか。

「おい」

銀次郎が声をかけた。

「探し人はりさ、とか言ったたな」

「は、はい。そうですが」

「あまり聞かねえ名だな。そもそも、名はあってんのか」

思わぬ問いに、新之助はしばし言葉を失った。

「そ、それはそうですよ。こうしてご隠居が残した書置きだってあるんですから」

新之助は懐《ふところ》から半紙を取り出した。陽に焼けてずいぶん黄色くなっている。

銀次郎は「貸してみろ」と紙を奪い取り、逆さにしたり陽に透かしたり、色んなことを試した後、ぴたりと動きを止めた。

ぱらりと紙を裏返す。

眉根を寄せてじっと見つめ、腕を組む。

「ねえねえ親分、どうしたのよじっとしちゃって」

弥七が後ろから覗き込み、「あれっ」と素《す》っ頓狂《とんきょう》な声を出した。

銀次郎が呆れ顔で振り向いた。

「おめえ、これ名が違ってるんじゃねえのか」

「いったい何を」と新之助が半紙を覗いて「あっ」と固まった。

みんな何をそれほど驚いているのか。お鈴も近づいて首を伸ばし、目に入った光景に唖然とした。

そこには「いち」という名が書かれていたのだ。

半紙を裏返したことで「りさ」とは別の名が浮かび上がっていた。

「この書置き、ずいぶん昔のものなんでしょう。書いたはいいけどご隠居も名前をちゃんと覚えてなくて、裏返しで読んで『りさ』だと思い込んじゃったんじゃないの。けっこう字も汚いし」

確かに字は悪筆で、どちらが正しい表裏なのかは筆跡だけでは判別が難しい。だが、もしも「いち」が正しい名だとして、必死に「りさ」という女を捜していたのだとしたら、それは見つからないはずである。

「いや、あの、そんなことは、さすがに」

新之助は金魚のようにぱくぱくと口を動かす。認めたくないが否定する根拠も見つからず、どうしたらいいか測りかねているようだ。

「ま、おりささんかもしれないし、おいちさんかもしれないから、両方の線で調べたらいいいんじゃゃない」

弥七が言い、一同が頷いた。

「じゃあ、さっそくおいらが調べてきてやるよ。あんた達にはない網を張ってやるから、待ってな」

三太が元気よく床几《しょうぎ》から飛び降りる。

「網だと、そんなものどこにあるのだ」

新之助の問いかけに、三太は「駄菓子屋だよ」と笑った。

「駄菓子屋にはさ、色んな子どもが集まるんだぜ。男に女、侍の子に札差《ふださし》の子、貧乏人から金持ちまでいらあ。そいで子どもってのはな、あんた達大人が思ってるより色んなことを知ってんだよ。長屋で起きてることや屋敷で親がしゃべってる愚痴とかな。

そういうのをきなこ棒やねじり飴一つで聞き出せるんだ。すげえだろう」

三太は得意げに胸を張った。確かに子どもの前では大人も警戒しないし口も緩む。そうやって仕入れた情報を交換できるとは、案外貴重な場なのかもしれない。

「ま、そういうわけで、とりあえず足代をよこしてくんな」

三太は抜け目なく手を差し出したのだった。

七

「お鈴ちゃん、見て見て」

弥七が瓦版をひらひら振った。

「山谷屋のご隠居、命の恩人に十年ぶりの再会。熱い抱擁に涙、だってさ。もう誰が苦労したっていうのよねえ」

「まあ、無事に見つかってよかったじゃないですか」

ご隠居が捜していた女性は、やはり名が違っていた。

駄菓子屋に集《つど》う子ども達に、菓子を駄賃にしてあちこち走り回らせたところ、条件に当てはまる「おいち」という名の女がいることが判明した。年ごろや住んでいる場所も話と合う。

三太の報を聞いた新之助が会いに行き、事情を確かめると、おいちは「ああ、そういやそんなこともあったねえ」とあっさり認めた。

かくしてご隠居は命の恩人に再会でき、奉行所の一同も胸を撫でおろしたのだった。

「三太もよく働いてるみたいで、めきめき手柄を立ててるらしいわよ。生意気な物言いは相変わらずだけど」

新之助が苦労している様が目に浮かび、苦笑する。

「でもよかったですね。新之助さんが小者に雇ってくれて」

「さすがに色々言われたそうだけど、新之助さんが譲らずに押し切ったんだって。男らしいとこ見せるじゃない」

「あの小僧は目端が利く。いい小者になるだろう」

「あら、親分が人を褒めるなんて珍しいじゃない」

「うるせえ、ばかやろう」

みと屋に食材を盗みにきて、捕まった時の荒《すさ》んだ目つきをよく覚えている。世のすべてを信じられず、敵だと思っているような目だった。でもあの年頃の少年には、もっときらきらした目で楽しい日々を送ってほしい。まだまだ大変な道のりの一歩を踏み出したばかりだが、いつかきっと。

「三太ちゃん、幸せになってほしいですね」

「やっとまっとうな道の入口に立ったばかりだし、大変なこともたくさんあるだろうからね。面倒見てる仲間もいるし、あの子が踏ん張らなきゃいけない場面もずいぶんあるでしょう。でも、それを乗り越えて幸せになってくれるといいわね」

弥七もまた、かつての己の姿を重ね合わせているのだろう。優しい眼差しでしんみりと言った。

そんな折だった。

看板障子がからりと開いた。

「おう、客かい」

銀次郎が嬉しそうに声をかける。

暖簾《のれん》をくぐってきたのは、愛嬌《あいきょう》のある顔をした若い男。

「よう、あにい。遊びに来たで」

弥七の昔馴染みだという、喜平の姿だった。

第二話　やんわりたこ煮

一

「お鈴ちゃん、定食二つお願い。あ、違うわ、三つね」

「は、はい。あ、弥七さん、このお膳お願いします」

「分かったわ。ええと、どの人が先だったかしら」

次から次へとやって来る客に、飛び交う注文。それを受けて右往左往する弥七。

おとっつあんの店を手伝っていた時に鍛えられたとはいえ、みと屋で働き始めてからはこんなに客が続くのははじめてだ。あたふたする弥七を助けたいが、お鈴も料理を作るので手一杯だった。

年中閑古鳥《かんこどり》が鳴いていたみと屋に、客が押し寄せている。

そんなとんでもない事態になっているのは、喜平のおかげだ。

話は数日前にさかのぼる。

＊

「喜平ってもんです。弥七のあにいには、大坂におった頃にずいぶん世話になりやした。ついこないだ道端でばったり会いましてね。それで遊びに来たんですわ」

みと屋を訪れた喜平は、人懐っこく面々に挨拶した。十五、六と言っても通じそうな若い面持ちと小柄な体躯。お鈴より年上に違いないが、弟のように錯覚してしまいそうになる。

「銀次郎の親分のお噂《うわさ》も耳にしてましたんで、こないしてお目にかかれるなんて嬉しいですわ」

銀次郎は関心なさげに「ふん」と鼻を鳴らしたが、まんざらでもなさそうだ。

「それにしても、なんでまた江戸に出てきたのさ」

「あにいと別れた後、ある賭場の手伝いをやってたんやけどな。いざこざに巻き込まれたり色々あって、疲れてもうたんや。なんちゅうか、心がぽっきり折れてもうてな。こらもう潮時かなと思ったんや」

喜平はにこにこと笑顔を崩さない。

「大坂におると馴染みも多いさかい、足を洗うのも容易やない。こら心機一転新しいところでまっとうに働こう思て、えいやでお江戸に出てきたんや。せやけどなかなかええとこが見つからんでなあ。どっか働き口がないか口入屋《くちいれや》に通ってて、あにいと出くわしたのもその帰りやったんや」

「この景気だからねえ、お江戸もなかなか働き先がないのよ。ま、心を入れ替えてまっとうに働くのはいいことだから、がんばりなさいな」

弥七は「そうだわ」と手を叩いた。

「せっかくみと屋に来たんだから、飯でも食っていきなさいよ。お鈴ちゃん、大盛りにしてやってね」


今日の魚は鰊《にしん》だ。頭や内臓を取り、二つに裂いて干したものを身欠き鰊《みがきにしん》という。身を二つに裂いて二身《にしん》になるから鰊《にしん》なんだとおとっつあんは言っていたが、本当かどうかは分からない。

その身欠き鰊《みがきにしん》を水に浸けて戻し、鱗や腹びれなどを綺麗に取る。米のとぎ汁で下煮をした後で、砂糖、酒、醤油を加えて、落としぶたで煮込めば甘露煮の出来上がりだ。

「お待たせしました」

「お鈴ちゃんの料理は美味しいのよう」

喜平は箸を取り、いただきますと手を合わせて食べ始めた。

「好きなだけ食いなよ。今日はあたしの奢りだからさ」

弥七が笑いかける。

喜平が一瞬だけ手を止めた。

しかしすぐに何事もなかったように口を動かし、ほうと息を吐く。

「うまいな」

お鈴の顔を見て、にかっと笑んだ。

「あにいが食い物屋やってるって聞いた時はぶったまげたけど、こら納得や。あんた、ええ腕してるな」

「あ、ありがとうございます」

無邪気な顔で褒められて気恥ずかしい。頭をぺこりと下げた。

「ほら、言った通りでしょう」

「てっきり弥七のあにいが芋でも切るんやないかとはらはらしてたんやで」

「もう、失礼ねえ」

軽口を叩きながら箸を動かし、喜平は飯を食い終えた。

「ごっつおさん」と手を合わせ、空《から》になった器をしばし見つめた。

顔を上げ、ぐるりと店を見回す。そして銀次郎、弥七、お鈴の顔を順繰りに眺めてゆく。

ぽかんと見守っていると、喜平は勢いよく立ち上がった。

そのままおもむろに小上がりに歩み寄る。銀次郎が片眉を上げた。

喜平は膝を折り、がばりと低頭した。

「頼んます。おいらをここで働かせてくれへんか」

お鈴は思わず「ええっ」と声を上げた。

銀次郎も煙管《キセル》片手に固まっている。弥七も「あんた、何言ってんの」と驚きの声を漏らした。一同が目を丸くしている中、喜平は「冗談で言ってるんやない、本気の頼みなんや」と再び頭を下げた。

「おいらはまっとうな生き方はしてきてへん。あにいにはかなわへんけど殺し屋みたいなことをやっとったし、騙《かた》りや用心棒の真似事をしてたこともある。それにつくづく嫌気が差して、次は人様のためになる仕事をしたいと思ったんや。今の飯は、これまで食った中でいっとううまかった。ここやったら、おいらはまっとうに生きられる気がしたんや。頼んます。おいらをここで働かせてくれへんか」

両手をついて、土間にぶつかりそうなほど深く頭を下げる喜平。

銀次郎も弥七も神妙な面持ちで押し黙っている。

「あんたの気持ちは分かるけどさ。なんたって見ての通り閑古鳥《かんこどり》が鳴いてる店なのよ。給金なんて出せやしなくてねえ」

「分かっとる。親分さんが怖がられて客が来ねえって話も耳にしとる。だから、おいらが力になりたいんや。おいらがたんと客を集めてくりゃあ、この店やって助かるやろ」

「あんたが客を引くのが上手いのは、あたしもよく知ってるけどさ。とはいえねえ」

「給金はしばらくいらん。蓄えはまだあるし、おんぼろ長屋やけどねぐらはあるから寝泊まりには困らへん。口入屋《くちいれや》で他の仕事も探すつもりやから、それまでの繋ぎでええんや。飯だけ食わせてもらえればええ」

「そうは言うけどねえ」と渋る弥七を、「おい」と銀次郎のだみ声が遮《さえぎ》った。

「おめえ、さっき言ったことは本気か」

「あ、ああ」

銀次郎は喜平の目を見据えた。射るような眼差しを、喜平はまっこうから受け止める。

お鈴がはらはらしながら見守っていると。

「飯しか食わせてやれねえぞ」

銀次郎がぼそりと言った。

「ああ、それで十分や」

「本気なんだな」

「ああ」

「三日だ」

「ん」

「三日にいっぺん。とりあえず働きに来い」

喜平は破顔し、深々と頭を下げた。

「おおきに。恩に着ます」

銀次郎は「ふん」と鼻を鳴らし、弥七は「もう、親分はそうやって甘やかすんだから」とぶつくさこぼす。

喜平の想いが通じたのは喜ばしいが、果たして客の来ない店で、どう働いてもらえばいいのだろうか。洗い物や皮むきもお鈴一人で十分だし、店でやることがない。確かに客引きでもしてもらえればありがたいが、そんな簡単にいくとも思えない。

どうしたものだろうか、とお鈴は胸の中でぼんやり考えていた。

＊

という数日前の心配はどこ吹く風で、この賑わいである。

店にいても仕事がないので、喜平には客引きをしてもらうことにした。誰も期待せぬまま送り出したところ、これが大当たり。

喜平の子どもっぽい面ざしと人懐っこさが功を奏し、あっという間にたくさんの客を連れてきた。若い女が主だが、男や老人も連れてくるから大したものである。ちなみに女の客にはくろも人気で、ちょこまかしている姿に「可愛いわあ」と黄色い声が飛んでいる。ここに来て看板猫の本領発揮というところだろうか。弥七に流し目をくれる女も多いが、当の本人はてんやわんやであしらう暇もなさそうだ。

「おーい、あにい。あと二人いけるか」

「今はちょっと無理ね。しばらく待ってもらえるかしら」

「あいよ、話してみるわ」

どうやらまた客を引っ張ってきたらしい。朝に購《あがな》った魚はとうに尽きているので、干物を使ってやりくりしているが、それすら使い切りそうだ。今日はあと五人で店じまいするしかないか……と思案していると、鼻を啜《すす》り上げる音が聞こえた。

横を見ると、厨房の隅でしゃがみ込む銀次郎が、涙を流しながら鼻を啜《すす》っているのだった。客が多すぎて小上がりを追い出されているのである。

「銀次郎さん、どうしたんですか。大丈夫ですか」

「俺はな、嬉しいんだ」

袂で涙を拭う。

「みと屋がこんなに賑わう日がくるとは、思ってもいなかった。まさかこんな景色が見られるなんてなあ」

むっつり顔の銀次郎が男泣きしている様は少しおかしかったが、涙のわけはよく分かる。お鈴も同じ心持ちだったからだ。

「はい。あたしもです」

漬物を切りながら、お鈴は囁くように言った。

銀次郎や弥七とこの店を立派にしたい。そう願っていたけどなかなか光が見えなかった。でも、その一歩がやっと踏み出せた気がしたのだ。

おとっつあん、おっかさん。客がたくさん来たんだよ。あたし、がんばるよ。

遠く離れたところにいるおとっつあんと、天から見守ってくれているおっかさんに、心の中でそう伝えた。

「お鈴ちゃん、定食あと二つお願い。あっ、親分なにめそめそしてんのよ。泣いてる暇があるなら手伝ってちょうだいな。あ、でも親分が出てきちゃうと客が怖がっちゃうから駄目ね。もう、忙しいったらありゃしないわ」

弥七が厨房に顔を出し、ぷりぷりしながら戻っていく。

お鈴は「はい、ただいま」と元気よく答えた。

二

そうは言っても、毎日が客で賑わっているわけではない。喜平が働く日は客を呼び込んでくるが、そうでない日は相変わらずの閑古鳥《かんこどり》が鳴いている。

料理の評判はいいものの、喜平が連れてくる客の多くは若い女だ。喜平に誘われたから来ているのであって、喜平がいない日にわざわざ訪れてはくれない。再び顔を見せてくれる客がいても、小上がりでむっつりしている銀次郎を見ると、そそくさと帰っていってしまう。年がら年中賑わうには、まだ道のりが遠そうであった。

今日も喜平が休みなので、店はいつも通り静かな佇《たたず》まいだ。

「あの子がいないと、客が来ないわねえ」

「小手先で客を集めても仕方がねえ。うまい料理を出してりゃあ客はついてくるもんだ」

「そうは言うけど、まずは食べてもらわないとしょうがないじゃない。喜平にもう少し働いてもらうのはどうかしら」

「この客入りがずっと続くとも限らねえ。そうなると給金が出せなくなる。もうしばらく様子を見ねえとな」

「もう、しみったれてるんだから」

「うるせえ、ばかやろう」

そんなやりとりをしていると、看板障子がからりと開いた。

入ってきたのは男が二人。四十くらいの壮年と、二十過ぎの若者だ。壮年の男はふくよかな体形で、頬もぷっくりとしている。赤ら顔で達磨《だるま》さんのようだ。一方の若い男は細身で糸のような目をしており、ずいぶん正反対な組み合わせである。

壮年の男は物珍しそうに店を見回し、「なあ、よさそうな店じゃねえか」と若者に話しかけている。若いほうは「別に、どうってことねえ店だろ」と関心なさげだ。

「おう、客かい」

銀次郎に二人とも気圧された様子だったが、間を置いて壮年の男が「ああ」と声を絞り出した。

「ほら、突っ立ってないで好きなとこ座って。定食でいいわよね。お鈴ちゃん、料理お願い」

「はい、今ご用意しますので、少しお待ちくださいね」

二人が弥七に促されるまま床几《しょうぎ》に腰かけるのを見届けて、お鈴は厨房に向かった。

料理の準備をしている最中、弥七が客に話しかけている声が聞こえてきた。ふっくらした壮年の男は吾助《ごすけ》。細い若者は宗吉《そうきち》。二人とも巻物や屏風《びょうぶ》、襖《ふすま》などを手がける職人・表具師《ひょうぐし》の仕事をしているようだ。

「お待たせしました」

厨房から出てきて膳を置く。

盛られているのは赤貝の殻焼きである。この時期は貝がよく採れるが、赤貝もその一つ。身が赤く、甘みがあるのが特徴だ。殻焼きは殻ごと火にかけ、開いてきたところに醤油や酒、塩で味つけする。とても単純な料理だが、旬の貝の味そのものが楽しめてとても美味なのだ。身が柔らかすぎず固すぎないようにするのが料理人の腕の見せどころである。

「いい匂いだねえ。昼間っから酒が飲みたくなっちまう」

吾助が箸を伸ばして赤貝を口に入れた。すぐさま天を仰いで、はふはふと身をよじっている。

「熱いので気をつけて召し上がってください」

吾助は悶《もだ》えながらもなんとか咀嚼《そしゃく》し、「うめえなあ」と破顔した。

「味つけがちょうどいい。なあ、酒は置いてないのかい」

「それが、酒は置いてないんです」

「そいつは残念だなあ。昼からでもきゅっとやりたくなっちまう」

吾助は頭に手を当て、悔しそうな顔をした。

「お客さんは近くにお住まいなんですか」

「俺達は表具師《ひょうぐし》なんだけど、店は日本橋のほうさ。こっちのほうに得意先がいてね、用があって時折来るんだよ」

吾助は見た目通りおおらかで、実直な調子で話す。反して若いほうの宗吉は、面白くなさそうに無言のまま飯を食い続けている。お鈴が料理をしている間も、弥七が色々と問いかけているのが聞こえていたが、ろくに返事をしていなかった。

「やくざの親分が開いた料理屋っていうから、どんな店かと覗きに来たんだけどね、こんなに可愛い姉さんがうまい料理を出してくれるとは思わなかったよう。なあ、宗吉」

宗吉は吾助に目も向けず、「まあ、普通だろ」とぼそりと言った。

「まあまあ、殻焼きもうめえし、味噌汁も絶品じゃねえか」

吾助はちらりと銀次郎に目をやって、慌ててとりなす。宗吉は深いため息をついて箸を置いた。

「同じ銭を出すなら、他にもうまい飯を食える店はあるだろ」

「で、でもよう」

「あんたはもっと、銭と時の使い方が上手くなったほうがいいぜ」

はるかに年下から無礼な言葉を放たれているのに、吾助は「まあ、そうかもしれねえけどよう」と頭を掻いている。

耳を傾けていたお鈴もさすがにむっとした。そりゃあ自分の料理の腕はまだまだだ。腕のいい料理人は数多《あまた》いるし、お足も群を抜いて安いわけではない。銭の値以上にもっと価値を見出せる店はあるのだろう。しかしこちらだって手を抜いているわけではないし、仮にそう感じたとしても、わざわざ料理人の眼前で言わなくたっていいではないか。

「姉さん、お足置いとくよ」

吾助が焦り気味に立ち上がった。宗吉も後に続く。

「気に障ったらすまねえ。また食いにくるよ」

そう言い残して帰っていった。

「凄い子だったわねえ」

二人が店を去った後、弥七が唖然としたまま言った。

「あの若い男の人ですか」

「そうよ。お鈴ちゃんの料理を普通だなんて失礼しちゃうわ。それに吾助さんへの言葉遣いもなっちゃいない。今時分の若い子ってみんなああなのかしら」

吾助に対する言葉遣いに礼儀がないのは気になっていた。職人らしいから上下関係もあるだろうし客とのやりとりもあるだろう。あんな調子でやっていけるのだろうかといらぬ思案をしてしまう。

「それにしても親分が雷を落とさないなんて珍しいわねえ。明日は雪が降るんじゃないかしら」

弥七が振り向き、軽口を叩く。いつもなら「ばかやろう」が飛んできそうなものだが、今日の銀次郎はむっつりと腕組みをしたままだった。

銀次郎は「ふん」と鼻を鳴らす。

「あんまりにも呆れちまって、怒鳴る気にもならねえ」

そう言って、不機嫌そうに煙管《キセル》をふかし始めたのだった。

三

「喜平さん、すみません、重い荷物を持たせてしまって」

「かまわへんよ。お安い御用や」

お鈴と喜平が歩いているのは日本橋の大通りである。行き交う人の活気と熱で溢れており、まだ肌寒いはずなのにうっすら汗が浮かびそうだ。

お鈴は手ぶらだが、喜平は両手に風呂敷包みを提《さ》げている。中に入っているのは醤油や鰹節などだ。ここのところ客が増えたので、足りなくなった調味料や乾物を仕入れにやって来た。お鈴一人だと手が足りないので、喜平に荷物持ちとしてついてきてもらったのだ。

「それにしても、お鈴ちゃんは大したもんや。一人で店を回してうまい飯まで作る。なかなかできることちゃうで」

「いえ、銀次郎さんや弥七さんのおかげでなんとかなっているだけです」

「いやいや、そない控えめに言わんでええよ」

「そういえば」と話のついでに切り出した。

「喜平さんは弥七さんとどこで知り合ったんですか」

喜平は弥七の昔馴染みだという。一風変わっている弥七が、昔はどんな男だったのか話を聞いてみたかったのだ。

喜平はそうやなあ、と天を見上げた。

「弥七のあにいはな、おいらを拾ってくれたんや」

「拾ってくれた?」

「もうずいぶん昔の話や。行く当てもないし腹も空《す》いとる時にな、あにいが助けてくれたんや。あのなりやろう、はじめはえらいうさんくさくてなあ」

「弥七さんって、前からあんな風だったんですね」

「ああそうや。男ぶりはええのに女言葉やろ。どこの女形《おんながた》やと思うたわ。飯を食わせてくれた後に陰間茶屋《かげまちゃや》にでも売り飛ばされるんちゃうかってなあ」

　喜平は懐かしむように笑った。

「それが付き合ってみたらええ男でな。面倒見はええし、腕っぷしは強いし。お鈴ちゃんも知ってるやろうけど、こっちの腕も天下一品やしな」

　喜平は喉に手を当てる真似をした。殺しの腕ということだろう。お鈴は苦笑するしかない。

「この人やったら命を懸けられる思うて、それで勝手に弟分にしてもろて、後ろをくっついていてたってわけや」

　変わっていて、飄々《ひょうひょう》としていて、でも心根はとても優しくて。今も昔も弥七は弥七なのだと知れて、口元がほころぶ。

「そうや、逆にみと屋に来てからのあにいの話を聞かせてな。おいら、あにいのことはなんでも知りたいんや」

　請われるままにお鈴の知る話をすると、喜平はたいそう喜んだ。

銀次郎を助けるために単身敵地に乗り込んだこと。お鈴が落ち込んだ時にはコシのある団子を食わせてくれること。洒落者《しゃれ》同士の友達がいること。

話すたびに「さすがあにい」「そうやな、あにいはそういうところあるな」など嬉しそうに相槌《あいづち》を打つ。喜平は本当に弥七を慕っているのだなと思う。

「あにい、楽しそうやったな」

唐突な言葉に横を向く。喜平の顔は愁《うれ》いを帯びて見えた。

「そうですか？」

「ああ、大坂におった時よりも、ずいぶん楽しそうや。あの店が好きなんやろな」

「それはきっと、喜平さんがお客を呼んでくれたからだと思います」

「おいらがかい」

「はい。みと屋にたくさんお客が来て、銀次郎さんも弥七さんもあたしも、凄く嬉しくて楽しくて。だから、弥七さんが楽しそうなのはきっと喜平さんのおかげです。本当に、ありがとうございます」

お鈴が礼を伝えると、喜平は目を丸くした。どう答えたらよいか戸惑っているようだった。

「いや、そんな、大したことはしてへんよ」

ぶっきらぼうに言い、両手の風呂敷を持ち直した。

＊

大通りを抜けて、長い橋が見えてきた頃。見覚えのある顔が向こうからやって来た。気づいてしまった手前、このまますれ違うのも気が咎め、会釈《えしゃく》をして声をかけた。

「えっと。吾助さん、ですよね」

「ん、ああ、料理屋の姉さんじゃあねえかい」

横幅のある男は、先日みと屋を訪れた吾助だった。一緒に飯を食べていた宗吉の姿は見当たらない。

「この間はありがとうございました。お仕事ですか」

「ああ、襖《ふすま》が傷んでるって話を聞いたんでねえ。ちょいと出向いて直してきたんでさあ」

「表具師《ひょうぐし》さんって色んなところに行くんですね」

「いやあ、みんな工房で作業することがほとんどさ。俺が変わりもんなんだよう」

そこへ、通りすがりから「吾助さんじゃないか」と声がかかった。振り返った吾助は「ああ、旦那」と小腰をかがめる。どうやら得意先のようだ。

襖《ふすま》の張りはどうでしたか、あの意匠はどう思いやす、傷んでるところはないですか。

腰を低くし、丁寧に話している。はじめはへりくだっているのかと感じたが、そうではない。相手に調子を合わせながらも誠実に客に意見を求めていた。客のほうも吾助を信頼しているようで、「また頼むよ」と肩を叩いて去っていった。

「いやあ、すまねえなあ。世話になってるお客さんでねえ」

「吾助さん、きめ細やかなお仕事をされてるんですね」

「そんなことねえんだ」

吾助は面映《おもは》ゆげに頭を掻いた。

「俺は宗吉みたいに腕がないからね。そのぶん客と話して、困っていることがあれば直してやりたいんだよう。腕はないから心持ちくらいは込めてえんだ」

「宗吉さん、ですか」

「ああ、この間の若い奴だよ。宗吉はまだ三年目なのに腕がいいんだ。あの年で掛け軸なんかも任されてる。腕もいいし、要領もいい。俺なんかとは大違いだ」

「そうなんですね」

宗吉のみと屋での不機嫌そうな態度と、吾助への物言いが頭をよぎった。腕がよければなんでもいいんだろうか、などと黒い雲が胸に湧き上がる。

「腕はいいぶん、物言いはきついけどなあ。この間も姉さんにあんなこと言っちまってなあ」

胸の内を当てられた気がして、「い、いえ」と言い淀んでしまう。

吾助は「すまねえ」と拝むように両手を合わせた。その調子に気を削《そ》がれ、黒い雲が散ってゆく。

「悪い奴じゃないからさ。許してやってくれよ」

「あ、はい。もちろんです。よかったらお二人でまたいらしてください」

「そいつはありがてえ。また姉さんの飯を食いに行きたいと思ってたんだよう」

「お待ちしています」

お鈴は頭を下げ、吾助は手を振りながら去っていった。

四

道で吾助に会った数日後。

銀次郎が出かけているため、店には弥七と喜平のみだ。喜平が客寄せして昼まで賑わっていたが、混雑もずいぶん落ち着いた。先ほど最後の客が帰り、店はがらりとしている。

看板障子が開き、暖簾《のれん》が揺れた。

「いらっしゃいませ」

顔を見せたのは吾助だった。その後ろには不機嫌そうな宗吉の姿がある。

「また飯を食いに来たよう」

「ありがとうございます。すぐご用意しますね」

吾助が大きな腹を揺らして小上がりに腰かける。宗吉は大仰《おおぎょう》なため息をついていた。

お鈴が膳を運んできた時には、弥七と喜平の姿は見えなかった。客も少ないので二人でどこかに油を売りに行っているのだろう。

「お待たせしました」

「今日は焼き魚か。こいつはいいねえ」

宗吉は無言のまま箸を取り、魚をつまむ。

「身がふわふわで香りもいい。今日も姉さんの料理はうめえなあ」

「ありがとうございます」

宗吉がしゃべらないので、空気が重い。居心地の悪さを振り払うように、「宗吉さんは凄く腕がいいそうですね」と話しかけてみた。

宗吉はちらりとお鈴を一瞥して「まあな」と答える。

「こいつは本当に腕がいいんだ。あと十年修業すりゃあ、工房でも一、二を争えるかもしれねえ」

　宗吉は「十年」と鼻で笑った。

「十年も修業したって仕方ねえだろ。言われた仕事だけやってても脳がねえし、ずっと一つの場所にいたって技が増えやしない。もっと頭使って動かないと意味がねえ。そんなこと言ってるからあんたは腕が悪いんだよ」

　吾助は身体を縮めて俯いた。

「そうは言うけどよ、修業しねえといい職人になれないだろう」

「俺はしょうもない職人になんてなりたかねえよ。とっとと技を身につけて、早く自分の店を持ちてえんだ。誰かに使われるより誰かを使う人間にならねえとな」

「おめえ、そんな簡単に技ってのは身につかねえんだぞ」

「それは頭を使わねえで意味ねえことばっかりしてるからだ。刻をかけりゃあいいなんていっとう頭が悪いやりかただ」

「でもなあ」

「ほんと、あんたらは無駄なことをするのが好きだよなあ」

　宗吉が一方的にやり込め、吾助はたじたじとなっている。いつもこうしたやりとりを繰り返しているのだろう。宗吉の顔には厭《いや》な笑みが浮かんでいた。

　お鈴はすっかり蚊帳《かや》の外で、一人立ち尽くしているだけだ。しかし話を聞きながら、本当にそれでいいのだろうか、と思ってしまう。

料理人も修業が必要だ。大店《おおだな》だと下積みから始まり、焼き場や蒸し場を通ってやっと板前になれる。それまでに何十年とかかることがある。

確かに同じ仕事をやっていても無駄かもしれないし、時をかけることは無意味なのかもしれない。短い間に上手く包丁を扱えるようになる人だってたくさんいるだろう。けれども。それだけではないような気がした。

愚直に積み上げた刻が造る何かが、きっとあるのではないだろうか。上手く言葉にできないけども。

飯を食い終わった二人が店を去った後も、宗吉が発していた言葉は魚の小骨みたいにお鈴の喉にひっかかっていた。

*

甕《かめ》の水が少なくなっていたので、汲みに外に出た。

ぶり返した寒気が、綿入れを通して突き刺してくる。思わず身体を縮めた。

店の裏手に回ったところで、風に乗って話し声が聞こえてきた。弥七と喜平が井戸の脇で煙草をふかしているようだ。店からいなくなっていたのは、煙草を吸いに出たのだろう。銀次郎は店の中で煙管《キセル》をすぱすぱやるが、弥七は必ず外でふかすのだ。

　声をかけようとして、「殺し」という言葉が耳に入ったので足を止めた。とっさに壁に身体を隠す。

「あにいの殺しはほんまに鮮やかやったなあ。大根でも切ったみたいにすっぱりした切り口。今も時々思い出すで」

「昔の話よ。それにあたしは物騒なところから足を洗ったの」

「せやけどな。せっかくあにいと会えたんやから、昔話をするくらいええやないか」

「そうね。あんたと遊んでた頃も、あれはあれで楽しかったわねえ」

「楽しかったな。おいら達のことを知らん奴は町におらんかった。遊んだり、食ったり、時々裏の仕事もして。あにいとやったら、なんでもやれる気がしとった」

　機を逸してしまい、壁の裏で話を聞き続ける。

「なあ、あにい」

「どうしたのよ、神妙な顔して」

「あにいは、殺し屋に戻る気はないんか」

「何言ってんの。これっぽっちもないわよ」

　どきりとしたが、間髪容れずに答えた弥七に安堵して、胸を撫でおろす。

「あにいの腕を欲しがってる連中は、今でもぎょうさんおるやろう」

「まあ、そうでしょうね。この間も熊吉《くまきち》一家だっけ、どっかからしつこく話が来たけど、きっぱり断ってやったわよ」

「なんで戻らへんのや。このまま料理屋やっとっても、銭なんて貯まらへんやろ」

「あのね、銭の話じゃないのよ。どうしたの、あんたも足を洗ったんでしょう」

「ああ、そうや。そのつもりやった。でもこないしてあにいと会うたら、楽しくやってた昔のことをどうしても思い出してもうてなあ」

喜平は「なあ、あにい」と真剣な声を出した。

「昔みたいに戻らへんか。俺ら二人で、あの頃みたいに楽しくやらへんか」

弥七が大きく息を吐いた気配がした。

「悪いわね」

「あにい」

「あたしはさ、このみと屋が大好きなのよ。おっかない親分と、まっすぐなお鈴ちゃんとやる、閑古鳥《かんこどり》が鳴いてるこの店がね。だから、悪いけど昔には戻れないわ」

「そうか」

「昔みたいにやらなくてもいいじゃない。今はあんたもみと屋の仲間なんだから、みと屋で楽しくやりましょうよ。あんたのおかげで繁盛してきてるんだしさ」

「そうか……そうやな。変なこと言うてすまんかった。堪忍《かんにん》やで」

「いいのよ。さ、そろそろ戻りましょう。お鈴ちゃんにお店任せっぱなしで悪いわ」

慌てて壁から身を離し、空《から》の桶を抱えたまま急ぎ足で店に戻った。

盗み聞きしてしまった罪悪感があるが、弥七のみと屋への想いに胸が温かくなった。銀次郎と弥七、みんなでみと屋を立派にしていこう。あらためてそう心に決める。その一方で、「二人で昔みたいに戻らないか」という喜平の言葉に、一抹の不安も覚えていた。

五

水溜まりに陽が落ちて、きらりと光る。

ここ三日ほど雨日和《びより》で、久しぶりの晴天だ。往来を行き交う人の顔も明るく見えた。

今日は久しぶりの休みである。客が増えて忙《せわ》しなかったので、疲れを気遣ったのか、銀次郎が店は休みだと言い出したのだ。それを聞きつけた新之助がやって来て、気晴らしにと茶屋に誘ってくれた。

店先の床几《しょうぎ》に並んで座り、天気や最近あったことを途切れ途切れに話す。新之助は加代と違って饒舌《じょうぜつ》ではない。お鈴も口数が多い質《たち》ではないから、沈黙が訪れることもある。けれど、お鈴はその沈黙が嫌いではなかった。新之助との間だけに流れる刻に思えて、ゆったりとした心持ちに浸《ひた》りながら茶を飲むのだった。

「そういえば、こんなお客さんに会ったんです」

吾助と宗吉の二人を思い出した。主に宗吉についてで、口ぶりが偉そうなことや、下積みなんて無駄だと言い切ることなどを話す。なんとなく心につかえていたので、新之助に聞いてほしかったのだ。

「相変わらず、みと屋には癖のある客が来ますねえ」と新之助はおかしげに笑う。

「その者のふるまいは褒められたものではありませんが、申していることには正しいこともあるように思います」

「そうですか？」

新之助ならお鈴の気持ちを汲んでくれると思っていたので、戸惑いの声が漏れた。

「下積みを行うことは大切ですが、ただ同じことを繰り返すのはよろしくありません」

「でも、まずは身体に馴染ませないと何も始まらないですよね」

「それはもちろん必要です。しかし、考えることも必要です」

「考えること」

「はい。たとえば、お鈴さんは料理の技を修業する時に、どうすれば包丁の通りがいいか、どうすれば素早く切れるか、工夫しながらやりませんか」

「はい。でもそれは当たり前のことではないですか」

「いえ、すべての者がやれることではないのですよ」

新之助は表情を崩し、手元の茶に目を向けた。

「上手くなりたいと思うから、同じことの繰り返しの中で工夫し、考えるのです。逆に言うと、考えがないとただ同じことを繰り返しているだけになってしまいます。そして確かに同じことを繰り返しているだけの者も多数おります。それが悪いとは申しませんが、意識を高く持っている者からはどうしても距離を感じてしまうのでしょう。なぜそんな無駄なことしかしないのかと」

――もっと頭使って効率よく動かないと意味がねえ。

宗吉の言が脳裏に浮かんだ。

「おそらく、宗吉とやらが申したかったのは、そういうことなのかもしれませんね」

新之助の伝えたいことはよく分かる。確かにその通りだ。だが、すっきりしない気持ちがあった。

「そうかもしれません。でも、なんだかもやもやしていて。上手く言えないんですけど、ちょっと違うというか」

新之助は「焦らなくてよいですよ。ゆっくりで大丈夫」と頷いてくれた。

まとまらぬ言葉を少しずつ繋げて、どうにか外に出してゆく。

「上手くなるために考えることは大切です。でも、あたし達料理人は上手くなることだけが大切なわけではないと思うんです」

新之助は無言で続きを促す。

「上手さを求めて、そこにいっとう早く辿りつけるのは偉いですけど、それって上手ければいいということの裏返しだと思うんです。もっと他にも大切なことがあるんじゃないでしょうか」

「大切なこと」

「はい。たとえば、どんなに飯がうまい料理屋でも、料理人さんがぴりぴりしてたら楽しく感じられないですよね。逆に飯がそんなにうまくなくても、気遣いのあるお店だったらまた行こうかなと思うこともあります」

「ああ、それは確かにありますね」

「そうでしょう。すぐに上手くなることだけを求めてしまうと、そういうものを削《そ》ぎ落としてしまうように思うんです。でも、そういうところにあるものこそ、実はとても大事なもののように思うんです」

おとっつあんの作る料理は抜群にうまかった。もちろん腕がいいこともある。しかし、それだけではない。客への気遣いや気配り。客が苦手そうなものがあったなら、次に来る時には料理を変えてやる。腹が減ってくたくたな者がいれば、少し飯を増してやる。客が帰る時には深く頭を下げる。それは腕ではなく心の部分だ。腕も大事だが心も大事で、技だけでは心は豊かにならないと思うのだ。

「ああ、なるほど」

新之助は目を閉じ、しばし黙考する。

「お鈴さんの言う通りかもしれませんね」

目を開き、「少し話が逸れてしまうかもしれませんが」と前置きして話を続けた。

「お鈴さんも知っての通り、私は草双紙を読むのが好きです」

新之助は草双紙が大好きだ。貸本屋に通ってあれこれ読んでいると聞いていた。

「草双紙は何十枚、何百枚、何冊もの長さがあり、始めから終わりまで読むのには時がかかります。しかし、その要点だけ押さえるのは簡単です。たとえば『南総里見八犬伝《なんそうさとみはっけんでん》』は何十冊にも渡る長い長い話ですが、筋だけ追えばすぐに終わります。伏姫《ふせひめ》がこうなって八犬士の犬塚信乃《いぬつかしの》がこうこうこう動いた、とまとめれば、話の中身だけを解することはできます。それだけで十分読んだ気になれるし、誰かに話すことだってできます」

新之助は「だがしかし」と語気を強めた。

「草双紙の面白さは、筋だけではないのです。筋をとりまく文章や言葉。そこから湧き立つもの。私は行間と勝手に呼んでいますが、それこそが草双紙の最も大切なものだと思うのです。話の筋だけ追ってしまうと決して得られないものですし、断じて無駄なものなんかではない」

お鈴は草双紙をあまり読まないので、新之助の言っていることは半分くらいしか分からなかったが、おそらく伝えたいことはお鈴の想いと同じだと感じた。

「もしかすると、この世に無駄なものなんてないのかもしれませんね」

お鈴は前を向いたまま頷いた。

才のある人、ない人。要領のいい人、悪い人。色んな人がいて、色んな日々を送っている。そしてそれぞれの人が積み重ねる刻に決して無駄なものはないはずだ。

才と技のある宗吉だからこそ、そうしたことも分かってもらいたい。

行き交う人を見ながら、お鈴はそう思った。

六

「いつもありがとうございます」

客の背に深く頭を下げ、お鈴はふうと息をついた。

喜平のおかげで馴染みも増えてきた。今日は喜平が休みの日だったが、店には常に客がいて、休める時がなかったのだ。

店から客の姿がなくなり、お鈴は床几《しょうぎ》に腰を下ろした。

「ずいぶん忙しかったですね」

「通いの客が増えてるのはいい兆《きざ》しだな。おめえの料理の力だ」

「そんなことないです。でも銀次郎さんや弥七さんが作ったみと屋が繁盛するのは、凄く嬉しいです」

銀次郎は照れ臭そうに「ふん」と鼻を鳴らした。膝の上で丸くなっていたくろが、大きな欠伸《あくび》をする。

溜まった洗い物を片付けようと、腰を上げた時だ。

看板障子が荒々しく引き開けられ、銀次郎が「おう、客かい」と言う間もなく、二人の男が転がり込んできた。鍋をひっ繰り返したような騒々しさに、くろがぴょんと小上がりから飛び降り、どこかへ駆けていく。

「ほら、いったんそこに座んな」

よく見ると、入ってきたのは吾助と宗吉である。追い立てるように姿を見せたのは弥七だ。

「あ、お鈴ちゃん、悪いんだけど二人に水をもらえるかしら。頭冷やしてやんないと」

「は、はい」

状況を掴めぬまま水を出してやる。吾助は軽く頭を下げて、ぐいと一息に水を飲み干した。宗吉は手もつけようとしない。二人とも床几《しょうぎ》に腰を下ろしたが、むすっとして肩を怒らせている。お互いに剣呑《けんのん》な空気が漂《ただよ》っていた。

「みと屋に帰る途中でね、道端で口喧嘩してる男達がいるじゃない。よく見たらこの二人だったから連れてきたのよ。ここならいくらしゃべっても構わないから、好きなだけやんなさい」

ここは茶屋ではなく料理屋なのだが、と胸の内で苦笑する。

それに弥七はそう言うが、二人とも不機嫌そうなまま口を開こうとしない。

「あの、何があったんですか」

お鈴が問いかけても、ふいと面《おもて》を背けるばかりだ。

そこへ「いいからわけを話せってんだ、ばかやろう」と銀次郎の雷が落ちた。二人とも飛び上がり、膝を揃えて座り直す。

しぶしぶといった顔で、吾助が口を開いた。

「こいつが、得意先を怒らせたんでさあ」

曰《いわ》く、掛け軸の表具について得意先が要望を伝えたところ、そんな飾りは意味がないと宗吉が一蹴したらしい。それまでにも宗吉の態度に思うところがあったようで、得意先の怒りが爆発した。二度と顔を見せるなと言い放たれ、後から話を聞いた吾助が慌てて宗吉を連れて謝りに行ったが、反省している気配のない宗吉に腹立ちが収まるどころか怒りの炎が大きくなるばかり。いったん店を辞し、帰り道に言い合いをしている最中に弥七に出会ったというわけだ。

「もっといい意匠があるって話をしただけだろ。あんな古い飾りつけなんて意味がねえ。よかれと思って言ってやったんじゃねえか。悪いことはしてねえのに、なんであんなこと言われなきゃいけねえんだ」

宗吉は怒気を孕《はら》んだ声で吐き捨てた。

「そうは言うけどよ、おめえも言い方ってもんがあるだろう」

「そんなしょうもないこと言ってるからあんたは駄目なんだよ。俺達はいいものを作りゃあいいんじゃねえか」

「おめえ、そういうのがよう」

「だからあんたは大した仕事を任されねえんだよ。俺は間違ったこと言ってねえぜ」

吾助は一生懸命伝えようとするが、声が掠《かす》れてゆく。不満をまくしたてる宗吉に圧され気味だ。

連れてきた弥七は、己の仕事は終わったとばかりに静観している。どう仲裁したらよいやらおろおろしていると、かつんと鋭い音がした。銀次郎が火鉢に煙管《キセル》をぶつけた音だった。

ふん、と鼻を鳴らして言い放つ。

「お鈴、こいつらに飯を食わせてやれ」


江戸に出てきて驚いたことはいくつもあるが、その一つが居酒屋だ。

お鈴が住んでいたところにも居酒屋はあったが、その軒先には赤ちょうちんや縄暖《なわの》簾《れん》を掲げていた。それが江戸では魚を吊り下げる店があったのだ。美味しい肴《さかな》があるという証らしいが、大きな蛸が吊り下げられているのを見た時はたまげたものだ。

厨房で鼻をくすぐる香りから、そんなことをふと思い出す。

香りの先にあるのは、先ほどまで火にかかっていた鍋だ。中には蛸の煮物がごろごろしている。

一晩味を染み込ませて明日の飯に出そうと考えていたのだが、ちょうどいいかもしれない。くたくたに柔らかくなった蛸の足をつまんで、お鈴は一つ頷いた。

「さあ、召し上がってください」

そっぽを向き合う二人の横に、膳を二つ置いた。器に盛られた蛸の煮物に、白飯と味噌汁、それに漬物。どれもほかほかと白い湯気を立てている。

そうは言ったが、両名ともなかなか手をつけようとしない。「温かいうちにどうぞ」と薦めても、しかめっ面をしたままだ。

「ここは料理屋なんだ。出された飯は食え、ばかやろう」

銀次郎の雷が落ち、互いにしぶしぶ箸を取った。こうした光景もずいぶん見慣れてきたものだ。

吾助が蛸を口に入れた。とたんに感に堪《た》えないとばかりに声を漏らす。

「柔らけえ」

そのまま白飯をがぶりと掻き込む。

「こりゃあ醤油だけじゃねえな。味に深みがあって飯が進むよう」

「蛸の江戸煮です。煎茶と酒で煮た後に醤油で味つけしているので、こくが出るんです」

「へえ、煎茶で煮るのかい」

「はい。臭みが抜けて、色や香りもよくなるんです」

「なるほどねえ。しかし味もいいが、この柔らかさは大したもんだ」

褒めちぎる吾助に、宗吉は「はん」と鼻で笑った。

「蛸なんて柔らかいもんだろ」

「いや、そうじゃねえ。おめえ、こんなに柔らかい蛸を食ったことあるか」

宗吉はう、と言葉を詰まらせた。

「蛸ってのは煮すぎたら固くなるって言うじゃねえか。この蛸は固くねえのにしっかり味も染みている。どうやってこんなに柔らかくしてるんだい」

吾助に問われて、お鈴はにっこり笑った。

「煮るんです」

「いや、でもよう、煮すぎたら固くなるって」

「はい。だから、もっと煮るんです」

吾助も宗吉もきょとんとしている。

「吾助さんの言う通り、蛸を煮るとすぐに固くなってしまいます。そうならないように、料理人は大根や牛蒡《ごぼう》で叩いて、身を柔らかくする工夫をしています。でもそれだけではありません。煮て固くなった後も、ずっと煮込むんです。そうすると固かった身が柔らかくほどけて、魚みたいにほろほろになるんです」

「そいつは知らなかった。どれくらい煮るんだい」

「そうですね。これは一刻半くらい煮たでしょうか」

「そんなにかい」

吾助が驚いた顔で器を見つめる。宗吉も目をみはっていた。

「この料理はおとっつあんから教わったんですけど、はじめはなんて刻がかかる料理なんだろうって思いました。大根で叩いてさっと煮たら美味しいんだから、それでいいじゃないか。なんでこんなに無駄に刻のかかることをするんだろうって」

とつとつと語るお鈴の話を、二人は黙って聞き続ける。

「でも、出来上がったこの煮物を食べてびっくりしたんです。あたしは刻をかけることに意味がないと思ってたけど、だからこそこんなに柔らかくて美味しい料理になったんだって」

あーあ、とわざとらしい声が遮《さえぎ》った。

「この店は偉そうに説教を垂れるのかい」

宗吉の眼差しは咎めるような色を帯びていた。

「あんたの言いたいことは分かったよ。刻が作る価値ってのもあるんだろうさ。ああ、ご立派だ。だけど、俺が連れてこられた話は解決してねえぜ。客の言う通りにこしらえるより、俺の言う通りにしたほうが立派な軸になる。今はその話をしてんだよ」

やはり宗吉は聡明だと思った。即座にお鈴の言いたいことを見抜いた上で言葉を投げかけてくる。きっと新之助の言った通り考える力に長《た》けていて、仕事がよくできるのだろう。だが、どうしても伝えておきたいことがあった。

「この間、町で吾助さんに会ったんです」

宗吉が、それがどうしたという顔をする。

「その時にお客さんが通りかかったんですけど、吾助さんはすっごくたくさん話をして、意見を聞いてました。襖《ふすま》の張りはどうだとか、困っていることはないかとか。お客さんの心持ちに寄り添おうとしているんだなあと感じたんです」

「こいつは腕がねえからな。そうしたことしかできねえんだよ」

「違います」

お鈴はぴしゃりと言った。

「あたしのおとっつあんは評判の料理人でした。でもそれは腕がいいからだけじゃありません。心のある料理人だったからです」

宗吉は「心」と喉の奥で呟いた。

「汗をかいてくたくたな客がいれば、量を多くしてやる。年のいった客には塩を薄くして、食べやすいように具を小さくしてやる。そうした心がある店だから町でも評判だったんです」

——ありがとうございやした。またいらしてください。

一人一人に深々と頭を下げるおとっつあんの背中は、今でもお鈴の誇りだ。

「腕だけを安易に追い求めてしまうと、心が抜け落ちてしまいます。心こそがいっとう大切で、心がないと、どんなに腕があっても人が離れてしまうはずです」

今まで反抗的な目をしていた宗吉が、はじめて目を伏せた。

「刻を積み重ねることで得られるものがあるって言いましたが、きっと、心も刻が育ててくれると思うんです。それは一見無駄に見えるかもしれないけど、地道な刻の積み重ねはきっと大切なんです」

立場は違えど同じ職人だ。思いを最後まで伝えたかった。

「もしかしたら、吾助さんより宗吉さんのほうが腕はあるのかもしれません。でも、吾助さんは心を持っている人です。だからお客さんからあれだけ信頼されているんだと思います。腕のある宗吉さんにお客さんが怒ったんだとすると」

「心、か」

宗吉が控えめに呟いた。

急にみと屋を静けさが襲う。想いに任せて一気にまくしたててしまったが、ずいぶん説教じみたことを言ってしまったと面映《おもは》ゆくなり、顔が熱くなる。

「あ、あの、偉そうなことを言ってすみません。その、なんというか」

狼狽《うろた》えながら言い訳するが、舌がもつれてしまった。

「おい、若《わけ》えの」

銀次郎がぼそりと呼びかけた。

「おめえは腕がいいし頭も回るんだろう。だがな、毎日を真面目に生きている奴が一番偉いんだ。そういう奴を馬鹿にするもんじゃねえ」

宗吉は黙って俯き加減のままだ。

「人生なんてな、そんなに焦らなくていい。寄り道するぐらいでちょうどいいもんだ」

銀次郎は煙管《キセル》をひと吐きした。紫煙がゆったりと流れてゆく。

そしておもむろに吾助の顔に煙管《キセル》を突きつけた。

「それにてめえ」

「は、はい」

「おめえもな、もっとしゃっきりしろ」

吾助が慌てて居住まいを正す。

「おめえもだらしねえんだ。ちゃんとこいつを叱ってやれ」

「は、はあ。しかし」

「人をむやみに怒るのはよくねえ。だが叱ることは悪いことじゃねえ。おめえもそうやって育ててもらったんじゃねえのか。もっと本気で向き合ってやれ」

吾助は肩を落として頭を垂れている。

「あら、親分はいつも怒ってるんだと思ってたわ」

「うるせえばかやろう」

くすくすと笑った弥七を銀次郎が蹴っ飛ばし、張り詰めていたみと屋の空気が解《ほぐ》れた。

「なあ、宗吉」

吾助は意を決したように面《おもて》を上げ、宗吉と向き合った。

「さっきの仕事は、お前が悪い」

言葉を区切りながら、ゆっくりと続ける。

「佐兵衛《さへえ》さんが怒ったのは、あの人の意見におめえが異を唱えたからじゃねえ。あの人の大切なものまで否定しちまったからだ」

宗吉は目を落として黙りこくっていた。

「佐兵衛さんは長年連れ添った奥さんを亡くしてる。あの掛け軸の絵はな、奥さんが描いた絵だそうだ。そしておめえが古臭くて意味がないと言った飾りは、奥さんが好きだったものだそうだ」

宗吉の両手に力がこもり、丸まった背中が強張った。

「茶を御馳走になると、決まって佐兵衛さんは奥さんの思い出話をしてくれるんだ。あいつはああいうのが好きだった、いつもああいうことを言った。懐かしそうに、寂しそうに話してくれる。その気持ちを踏みつけちまったんだ」

吾助はそのまま語を継いでいく。

「お客さんが俺達に仕事を頼む理由は様々だ。長持ちさせたいとか汚れにくくしたいとか見栄えをよくしたいとか。そのわけは人によって違うから、長持ちさせたいと思ってる客に見栄えをよくしたものを納めても仕方がねえ。それを見誤らねえために、俺達は客の想いに向き合う必要があるんだ」

吾助は顔を赤くしながら、必死に言葉を紡いでいた。

「おめえは自分の技しか見ていなくて、お客さんの想いを見ていなかった。だからあんなに怒られたんだ」

そこまで言った吾助は「だが、おめえひとりが悪いわけじゃねえ」と続ける。

「俺はおめえの腕が怖かった。才のねえ俺なんかと違って、すぐに腕を上げていった。その結果、おめえの心が育っていないことも分かっていながら見て見ぬふりをしちまった。俺もおめえの想いに向き合うべきだった。俺も心が足りてなかったんだ。悪かった。この通りだ」

吾助は両手を膝につけ、座ったまま頭を下げた。

「二人でもういっぺん、謝りに行こう」

吾助が宗吉の肩に手を置く。宗吉は身動きしない。しかし無言のまま小さく頷いた。

足元にぽたりと水滴が落ちたような気がした。

七

「やっぱり姉さんの料理は絶品だなあ。なあ、宗吉もそう思うだろう」

「だから吾助さんは褒めすぎっすよ。他にもうまい料理屋はあるじゃねえか」

「そう言って、この前も飯をお代わりしてたじゃねえか」

「あ、あれは、たまたま腹が減っていたからで」

「じゃあ今日はいらねえんだな」

「いや、そういうわけじゃ」

みと屋の一角でわいわいやっている男二人は吾助と宗吉だ。

宗吉の生意気さは相変わらずだが、ずいぶん雰囲気が丸くなった。どことなく覚束《おぼつか》ないけれど、吾助に対しての言葉遣いも前と比べて改まったようだ。

もしかすると、宗吉も苦しかったのかもしれない。頭がよくて腕もいい。才覚があるからこそ周りとの意識の溝が深まり、それが極端になってしまったのではないか。刺々《とげとげ》しい物言いは、孤独の裏返しだったのではないだろうか。

その壁を吾助が破ってくれて、宗吉も救われたのかもしれない。そんなことをふと思う。

「じゃ、また来るよ」

「ありがとうございました。またいらしてください」

深々と頭を下げて二人の背中を見送る。

それと入れ替わりに喜平が店にやって来た。

「お鈴ちゃん、客だぜ。二人、入れるかい」

「はい、大丈夫です。今片付けますね」

「いいわよ、あたしがやっとくから、お鈴ちゃんは飯の準備をしておいて」

どったんばったんしていた弥七も、ずいぶん店を回せるようになった。客が増え始めた頃は皿を割ったり、注文を忘れたりしていたが、今では弥七なくしては店が回らない。つくづく慣れとは大切だと思い知らされる。

銀次郎はいっこうに助けにならないので、客が増えると小上がりを空《あ》け、店の隅でくろの面倒を見ていることが多い。威圧感のあった銀次郎も、いかつい容貌がくろの可愛さで中和され、以前よりも客に怯《おび》えられることがなくなった。

弥七が膳を片付け、喜平が客を案内する。料理の準備をしようとお鈴が厨房に戻ろうとした時だった。

外で鈍い音がして、くろのふーっという唸り声がした。

振り返り、弥七や喜平と顔を見合わせる。

確かめるために外に出ようとして、一歩先に出ていた弥七が「見ちゃだめ」とお鈴の身体を押しとどめた。

「え、どうしたんですか」

「後で話すから、お鈴ちゃんはお客さんの料理を作ってちょうだい。待たせちゃいけないから」

「あ、は、はい」

気がかりだったが、弥七の有無を言わせぬ声に踵《きびす》を返した。入れ違いに銀次郎と喜平が出ていく。看板障子の向こうで何やら言い交わす低い声がした。

やがて店にいた客がすべて帰った頃。

銀次郎と弥七と喜平が外から戻ってきた。三人とも眉根を寄せて、顔色が悪い。

「あの、何があったんですか」

「猫の死骸があったんや」

「え」

喜平の言葉に指の先が冷たくなる。心の臓にぞわりぞわりと冷たい霜《しも》が張っていくようだ。喉の奥で苦いものを呑み下した。

「くろじゃ、ないんですよね」

「ああ」

「じゃ、じゃあ、野良猫が偶然店の前で死んじゃったんですか」

そんなわけがないのに、信じたくない思いから勝手に言葉が口をついた。

「あの猫は殺されてた。よくある手だ。うちの店への嫌がらせだろう」

銀次郎が押し殺した声で言った。

「絶対に許さないわ」

弥七が手を握り締めた。

「どこのどいつか知らないけど、あたし達のみと屋に嫌がらせするなんて、いい度胸してるじゃない。必ずとっちめてやるわ」

目を三角にして、憤懣《ふんまん》やるかたないといった様子で語気を強める弥七。

みと屋に嫌がらせなんて、いったいどこの誰だろう。快《こころよ》く思わぬ者がいるのだろうか。

どこかから何者かに見られているように思えて、ぐるりと首を巡らせた。

その時、喜平に目が留まった。

喜平も面《おもて》に怒りを湛《たた》えている風だったが、その目は妙に冷たく弥七を見据えていた。

そしてふと口を動かした。それは小さく小さく発された言葉だったが、口の動きが見えていたことで、お鈴にはうっすらと聞きとれてしまった。

「あにいは、そんなにこの店が好きなんやなあ」

その声はずいぶん冷ややかに、耳の中に張りついて残った。

第三話　つるつるこおり豆腐

一

みと屋の店先には、大きく太い柳の木が聳《そび》えている。
二階建てのみと屋と同じくらいの高さだから、遠くからは店の目印のようだ。
冬の間は葉が落ちて寒々しい姿だったが、ちらりと見えるのは芽吹いた葉だろうか。
やがて暖かくなるにつれて、立派に生い茂った姿に戻っていくことだろう。
お鈴は箒《ほうき》で掃く手を止め、柳の木肌に手を当てた。乾いた感触が手のひらに伝わる。
みと屋も昨年のように戻れるだろうか。
嫌がらせも何もない、あの頃のように。
何度目か分からないため息を、深く吐いた。
猫の死骸が投げ込まれてから、しばらく経った。
あの日を境に、みと屋に様々な嫌がらせが行われるようになった。犬や鳥の死骸が置かれたり、壁に泥のようなものをつけられたり。

店に誰もいない時分を狙われるので、買い物や外出は交代で行うことにして、店には必ず人を残すようにした。いつもは閉めている看板障子も開け放ち、外の様子に目を配れるようにした。その甲斐《かい》あって店が汚されることはぐんと減ったが、今度は町でよからぬ噂《うわさ》が広まっているらしい。飯に悪いものを使っているだの、腐ったものを出されただの。

もちろん根も葉もない与太話だが、評判の悪い店にわざわざ足を運ぶもの好きもいない。喜平のおかげで順調に増えていた客足は、ぱったりと止まってしまった。

下手人《げしゅにん》の正体はいまだに掴めていない。

墨汁をかけようとした男を捕まえたことがあるが、悪い店を正さねばならぬという歪んだ正義感でやって来ただけだった。銀次郎と弥七にこんこんと説教されて泣きながら帰っていったが、そうした手合いが次から次へとやって来る。

噂《うわさ》とは恐ろしい。どんなに嘘っぱちだったとしても、火の手が回るように広がっていき、人の心に巣食ってゆく。不信を植えつけるだけでなく、そこから過激な行動を起こす者も現れてくる。

怒り心頭の弥七が噂《うわさ》を流している者を突き止めようとしたが、銀次郎に止められた。銀次郎も弥七も臑《すね》に疵《きず》を持つ身だ。今はむやみに事を荒立てるほうが逆風になるかもしれない。それを見越してのことだった。

代わりに新之助が探ってくれてはいるが、いまだに手がかりは見つかってはいない。

陽気な喜平も塞ぎがちで、店を休むことも増えた。

みと屋全体に暗い空気が漂《ただよ》っていた。

＊

「ねえ」と呼びかけられ、物思いから現実に引き戻された。

声を投げてきたのは二十ほどの女だ。平凡な面立ちで小さな目。町娘にしては地味な柄の着物を纏っている。

「ここが、みと屋？」

「あ、はい。何か御用でしょうか」

「ここ、飯屋なんでしょう。食べに来たんだけど」

「す、すみません」

しばらくの騒動で、つい疑い深くなっていた。客が来てくれたことが嬉しく、思わず手を取りたくなる。

「お客さんですか、どうぞこちらに」

満面の笑みで迎えたお鈴に、女は「ちょっと待って」と片手を突き出した。袂から紙切れと小筆を取り出し、何やら筆を走らせる。みと屋の入口や壁を眺め、さらさらと書き留めた。

「いいわ」

「は、はい」

また変わった客がやって来たと胸の内で思いながら、お鈴は中へ案内したのだった。


久しぶりの客を弥七も歓待した。下にも置かぬ有様《ありさま》で、「よく来たわねえ」と甘い声をかける。銀次郎はいつも通り小上がりにどっしりと座っているが、時折ちらと視線をよこしてくるから、やはり気になっているのだろう。

女は店に入ってからも、紙を片手に書きつけていた。銀次郎に怯《おび》えることもなく、無遠慮に見回している。

その様子はお鈴が料理を出してからも変わらず、膳を見ては書き留め、一口食べては書き留めと忙《せわ》しない。

「あの、何をなさっているんですか」

あまりに気になり、尋ねてしまった。

「ああ、これね」

女は口元を緩めた。

「あたし、色んな店を食べ歩くのが好きなの。でもただ食べるだけじゃあつまらないから、店の癖を書き記して、点をつけてるの。店構えや料理の味だとかね」

「点、ですか」

お鈴の料理は口に合っただろうか。もしも悪い点をつけられたらどうしよう。余計に悪い評判が広がるのではないか。呼吸が浅くなっていくが、詳しく問うわけにもいかず考えだけを巡らせていたところ、

「ね、みと屋の点はどうだった」

と、弥七が遠慮なく聞いた。

女は薄く笑いながら「丸八つね」と言った。

「満点が十だから、あたしにしては高いわよ。味もいいし、お足も悪くない。掃除も行き届いていて雰囲気もいい。強面《こわもて》がいるのは減点だけど、優男もいるからおあいこね」

銀次郎が「ふん」と鼻を鳴らす。

「あら、よかったわあ」

弥七と共に、お鈴も胸を撫でおろした。

「また来るわ」

「あ、あの」

立ち上がった女は、お鈴に訝《いぶか》しげな目を向けた。

「あ、あの。色んな噂《うわさ》が流れていますが、あれは本当じゃないんです。誰かの嫌がらせで」

少しでも分かってほしくて、言葉が突いて出た。しかし己でも言い訳じみている気がして、声がか細くなっていく。

「大丈夫」

女は被せるように言い添えた。

「あたしは、自分のつけた点しか信じないから」

じゃあ、と暖簾《のれん》をくぐろうとする。

「あの、お名前を聞いてもいいですか」

「おきぬよ」

背を向けたまま片手を挙げ、おきぬは颯爽と去っていった。

「いい女ねえ」

弥七が感心したように言った。

「かっこよかったですねえ」

「馬鹿げた噂《うわさ》に踊らされる奴ばっかりじゃないってことよ」

「そうですね」

すぐに不安が渦巻いたり、心が沈んだりしてしまいがちなお鈴にとって、おきぬは自分の芯を持っているようで、それがとても眩しく見えた。

「お店を巡って点をつけるなんて凄いですね」

「点をつけたり、順番をつけたりするのはね、お江戸で人気なのよ」

「そうなんですか」

「お鈴ちゃんは番付《ばんづけ》って知ってる？」

「いえ」

「お相撲《すもう》のね、力士の強さを順番に記している表なのよ。横綱とか大関とか」

「それは聞いたことがあります」

「その番付《ばんづけ》は相撲《すもう》以外でも色々あってね、名所やおかずや温泉とか。もちろん料理屋なんかも料理番付《ばんづけ》ってのがあって、認められた料理屋は大関とか横綱に評されるのよ」

「そんなものがあるんですね」

「だから、おきぬさんがやってたのも似たようなことかもね。聞く限り、ただの楽しみでやってるみたいだけど」

おきぬはとても熱心に筆を走らせていた。給金をもらうわけでもなくあれだけの熱を注げるのは凄いな、と思う。

「お鈴ちゃんの料理はとっても美味しいし、いつかみと屋も番付《ばんづけ》に載るといいわねえ」

お鈴は「いえ」とかぶりを振った。

「そういうんじゃなくていいんです」

「そうなの？」と弥七がきょとんとする。

「お客さんの腹と心が満ちて道が開けるなら、あたしはそれでいいんです」

「そうね、確かにそのほうがみと屋らしいわね」

弥七は晴れやかに笑った。

二

そう日を置かずして、おきぬは再びみと屋を訪れた。

出した料理を食べながら、今日も小筆を走らせている。

「前にいらした時も、点をつけてませんでしたか」

「店の味は日によって変わることもある。一度きりだと店の正しい点はつけられないわ」

「確かに、そうですね」

そこへ割って入ったのは弥七だ。

「ねえ、おきぬちゃんは、どうしてそんなことやってるの」

「どうしてって、楽しいからよ」

あっけらかんとした口ぶりで答える。

「美味しい店を見つけたいなら、番付《ばんづけ》だってあるじゃない」

「番付《ばんづけ》もいいけど、自分だけの順をつけるから楽しいのよ。番付《ばんづけ》が上でも、あたしの口には合わない店もある。逆に番付《ばんづけ》が下でも好みの店があるじゃない。だから、自分だけの番付《ばんづけ》を作ってるようなもの」

「なるほどねえ」と弥七は得心した様子だった。

「自分だけの番付《ばんづけ》を作りたいっていうのは、分かる気がするわ。それに、誰も知らないのにすっごく美味しい店を見つけたら嬉しいものね」

「そう。話が分かるじゃない」とおきぬが口元をほころばせた。

「でも、店を回るとお足もかかるでしょう」

「あたしは、矢立屋の見習いなの。だから自分で稼いだ銭で食べに来ているし、こうして外も出歩きやすい」

「へえ、矢立屋。凄いわねえ」

「弥七さん、矢立屋ってなんですか」

弥七の裾を引っ張って、小声で尋ねた。

「道で配ってる瓦版あるでしょう。あの記事を書く仕事よ。足を使って話の種を探して、それを面白くまとめるのよ」

「それは凄いです」

お鈴は物心ついてから料理の道しか知らずに生きてきた。読み書き算盤《そろばん》はおっかさんが仕込んでくれたが、いささか不得手だ。みと屋で働き始めてからは帳面をつけなければいけないので夜な夜な算盤を弾いているが、読み書きのほうは今も時々間違えることがある。

「大したことないわよ」

おきぬは面映《おもは》ゆげに言った。

「矢立屋って一人でできる仕事だから。あたしは一人で過ごすのが好きなの。友達もいるけど、自分のやりたいことを好きなようにやるのが好きだし、性に合った仕事だっただけ」

「あのさあ、こんなこと聞くのもなんだけど」と弥七は声を潜《ひそ》めた。

「おきぬちゃんくらいの年だったら、そんなことしてないで、そろそろ所帯を持てって言われたりしない？」

それを聞いて、おきぬは目を細めた。

ぱしりと床几《しょうぎ》を片手で叩く。

「そう、そうなのよ」

小上がりで煙管《キセル》を吸っていた銀次郎が、ちらりと目をやった。

「親も近所のおせっかいも、とにかく所帯を持て持てとうるさくて仕方ない。あたしはあたしの人生を生きてるの。自分の好きなように生きて何が悪い」

ふいに声を荒らげたおきぬに戸惑い、つかの間の静寂が訪れた。

「わっかるわああああ」

その沈黙を破ったのは、弥七のしみじみした声だった。

「ほんっとうにね、ああいうおせっかいってのは厄介よね。頼んでもないのにあんたのためにって言ってくるでしょう。嫌んなっちゃう」

おきぬは破顔して頷いた。

「そう、あんたのためにって言う奴は、犬に食わせてやりたい」

「ああいう手合いはね、あんたのためにこんなに世話を焼いているあたしって凄いでしょうって自分に酔ってるだけなのよ」

「本当にそう。分かってくれるじゃない」

「あたしもこんなでしょう。そりゃあね、色々と唾吐いてくる奴だらけよ。男らしくないとか言われてもね、あたしが好きでやってるんだから知らないわって話よ」

「人の生き方に口を挟むのは野暮《やぼ》」

「いいのよ、好きなように生きれば。あたし達の人生なんだからさ」

何がきっかけだったのかもはや見当がつかないが、二人はずいぶん意気投合し、ひとしきり盛り上がった後におきぬは店を去っていった。

お鈴は気圧されて呆《ほう》けたままで、銀次郎はくろを撫でながら煙管《キセル》をふかし続けていた。

＊

それから一刻ほどして。

客引きに出ていた喜平がみと屋に戻ってきた。

「あかん、今日も坊主やわ」

ばつが悪そうに頭を掻きながら床几《しょうぎ》に腰かける。

「しょうもない噂《うわさ》が流れとるせいで、なかなか客を連れてこられんでなあ。堪忍《かんにん》やで」

「喜平さんは悪くありません。でも悔しいですね。せっかくこの間までお客さんでいっぱいだったのに」

客がいないことが当たり前だった時分はなんとも思わなかったのに、一度あの賑わいを味わってしまうと、とたんに客がいないことの寂しさが際立ってくる。がらんとした店内は気のせいか少し煤《すす》けているようだった。

「でもなあ、このままってわけにもいかへんしなあ」

喜平は「なあ、あにい」と声をかけた。

「なあに」

「この先もずっと客が来んかったら、どないするんや」

「そうねえ」と弥七は首を傾げた。

「客がいないのには慣れてるから、変わらず店を続けるだけよ」

銀次郎は黙って煙管《キセル》をふかしていたが、渋い表情を浮かべている。

「せやけど、そうも言うてられへんのちゃうか」

「人の噂《うわさ》もなんとやらって言うじゃない。そのうちにみんな忘れて、客も戻ってくるわよ」

ね、と弥七はお鈴に微笑みかけた。

「さ、暗い顔してないで、もうちょっと楽しくやりましょ。そんなんじゃ来るお客も来なくなるわよ。ほら、喜平も暇だったら神棚の埃《ほこり》でも落としておいで」

ぱんぱんと手を打ち喜平を追い立てる弥七。その姿はどこか無理をしているようにも見えた。

三

卯月《うづき》を迎えたとたん、寒気がどこかへ逃げていった。雲の切れ間から差し込む陽は力強く、肌がうっすらと汗ばむほどだ。

「団子の季節ねえ」

張りを増した桜の蕾を眺めて、加代が言った。

「どうして？」

「ほら、花より団子って言うでしょ」

「加代さんったら、さっき食べたばっかりじゃない」

二人でくすくす笑い合いながら、大通りを歩く。

加代に誘われて出かけた帰り。このところのお気に入りという茶屋で、黒蜜のたっぷりかかった団子を平らげてきたところだった。

もっちりした団子でくちくなったお腹をさすりながら、歩を進めていたその時。

折よく甘味屋から出てきた女に目が留まった。

「おきぬさん」

「ああ、お鈴ちゃん」

「こんにちは。今日もお店巡りですか」

「ええ。でもこの店はだめ。団子の生地がなってないし、餡《あん》の甘みもくどい。丸三つが関の山ね」

店の前なので声を潜《ひそ》めてはいるが、渋い表情で辛口な評を述べ始める。

隣できょとんとしていた加代に、おきぬを紹介した。みと屋に通ってくれていることと、料理屋に詳しく、訪れた店のすべてを記して点をつけていること。

加代は「ふうん、店の点つけね」と呟いた。

一方のおきぬにも加代について話す。大瀧屋の娘と聞いて驚くと思いきや、眉一つ動かさずに「よろしく」と言うのみだった。

「ねえ、おきぬさん。あなた、甘味の店も点をつけてるの」

「やってるわ」

「三里屋《みさとや》は行った？」

加代は勝気な性分な上に、甘味には一家言《いっかげん》ある。急な問いかけは、おきぬの詳しさを見極めようとしているのだろう。

「あそこはいいわ。汁粉《しるこ》の味が上品。餡《あん》のこだわりがあって、こしあんが食べられるのは江戸であそこくらいね。丸八つ」

「そうね。江戸にいながらにして京の味が楽しめるのよ。いい点をつけるわね」

加代の問いで胸の内がくすぐられたのか、次はおきぬが投げかけた。

「お嬢さんがお薦めの団子屋はどこ？」

「そうねえ、最近だと平谷屋《ひらたにや》ね。口で溶けていく団子の柔らかさ。変に店を飾らずに、味一本で勝負してるのも高く評したいわね。そうね、あたしなら丸九つつけるかしら」

　加代が挙げた名は、先日案内してくれた店だった。雲を食するような口触りと、団子屋とは思えぬ簡素な店構えが脳裏に浮かんだ。

「あそこは店構えが渋いから、限られた客しか来ない。落ち着けるし、あの団子の舌触りは類を見ない。あたしも九つつけた」

　おきぬと加代はじっと目線を交わした。

「やるじゃない」

「そっちこそ」

互いに不敵な笑みを浮かべたかと思うと、どちらからともなく急な勢いで言葉を飛ばし始めた。

「ねえ、ぜんざいだとどこが好き？　あたしは千竹屋《ちたけや》と桜堂《さくらどう》が推しで」

「分かる、桜堂は餡《あん》もいいけど栗がいい」

「そうなのよ、さすがね。質のいい栗を使ってるから、身の詰まり方と甘みが全然違うのよ」

「そう、餡《あん》子にこだわってる店は多いけど、栗にこだわってる店は少ない」

「そうなのよ。栗で言うと、あの店がね――」

ひとたび互いを認め合うと、仲が深まるのはあっという間だった。往来の真っただ中であることを忘れ、甘味の店についてああだこうだと語り合う。おそらく二人とも仲間を探していたのだろう。以前に新之助が、己と同じ草双紙好きの子どもと出会い、嬉しそうに話し込んでいたことを思い出す。

お鈴には料理の他に好きなものはない。しかし、好きなものがあって、熱く話し合える仲間がいたら、もっと毎日が楽しくなるのだろうか。

微笑みながら二人のやりとりを見守っていた時だ。

「あらあ、おきぬさんじゃないの」

無遠慮な声が投げかけられた。

声の主は中年の女だった。でっぷりと肥えた腰回りをして、頬には脂が浮いている。

「どうも」

おきぬは顔をしかめて、露骨に嫌そうなそぶりだ。

「ちょいとおっかさんから聞いたわよ。せっかく紹介したのに、また縁談断ったんだって。まったくもう。えり好みできる年でもないんだからさ」

「本当に結構なので」

「何言ってんだい。いい年なのに一人でぶらぶらして。そんなこと言ってるとあっという間に婆さんだよ。なあに大丈夫さ、あたしがいい人見つけてやるからさ」

「だから、あたしは」

「いいからいいから。またおっかさんに言付けしとくよ。女はね、早く所帯を持って子を産むのが一番さ」

女はおきぬの反論に耳もくれず、一人で唾を飛ばす。呆気にとられながら傍観していると、こちらにも火の粉が飛んできた。

「あんた達はおきぬさんの知り合いかい？」

はあ、と言葉を濁す。

「その様子だと、あんた達も一人もんだね。どうだい、いい人はいるのかい」

どうして初対面の相手にそんなことを答えなければならないのだ。女はますます追い打ちをかけてくる。

「もういい年なんだから、女の幸せを考えなきゃだめだよ。おとっつあん、おっかさんも案じてるに決まってるんだから。そうだ、あたしがいい人紹介してやるよ。ちょうど後添《のちぞ》いを探してる人がいたんだ」

いったい何なのだこの人は。

強引さと自分勝手さに、むかむかと腹立たしさを覚え始めていたところ。

「結構よ」

加代の凛とした声が遮《さえぎ》った。

「見ず知らずのあなたに、縁談相手を紹介してもらうほど落ちぶれてはいないわ。そもそも、はじめて会う相手にそんな無遠慮な話をしてくる人が、ちゃんとした男を紹介できるのかしら」

返す刀とはこのことか。加代が容赦なく言葉を放つ。女は顔を真っ赤に染めて、反論できずいた。

「女の幸せとか言ってたけど、女の幸せより大切なのはあたしの幸せよ。そしてあたしの幸せはあたしが決めるの。くだらないこと言わないでもらえるかしら」

「なんて失礼な娘だい」

女は髪を逆立たせて、金切り声を上げた。

「あたしゃあね、あんたの倍以上生きてんだ。それを偉そうな口きいて、まったく躾《しつけ》がなっちゃいないよ。親の顔が見てみたいもんだ」

「じゃあ、大瀧屋にいらっしゃいな」

「は、何を」

「あたしは呉服問屋・大瀧屋の一人娘、加代よ。そこまで言うならお父様に取り次いであげるわ。あなたの名を教えてちょうだい」

　加代の裕福そうな身なりに気づいて、これは冗談ではないと悟ったのだろう。女の真っ赤だった顔が徐々に青くなり、「いや、その、あの」と後ずさりを始めた。

　やがて「ちょっと用を思い出したわ」と小声で言って、その場から逃げるように去っていった。


「加代さん、ありがとう。かっこよかった」

　言い返せなかった自分の代わりに厄介な女をやり込めてくれて、胸がすく思いだった。

「いいのよ、それにしても無礼なおばさんだったわね」

「あたしのせいで迷惑をかけてすまない」

　おきぬが隣で頭を下げた。

「あの人は同じ長屋の人で、とにかく誰かの世話を焼くことが生き甲斐《がい》なの。中でも縁談をまとめるのが好きで、独り身がいれば、誰かれ構わずくっつけようとする。ありがたい話なのかもしれないけど、あたしはそういうのは苦手」

「いるわよねえ、そういう人」

加代が訳知り顔で頷く。

「あたしのとこもね、色んな縁談を持ってくる人がいたわ。女は早く所帯を持って早く子を産んだほうがいい、だからこんないい人はどうですか、と言ってくる世話人がいたんだけど、あんまりにもうるさくて腹が立ったんで出入り禁止にしてもらったわ」

お転婆《てんば》娘が落ち着いたとはなんのその。相変わらずの行動力に感心する。もっとも、加代には太助《たすけ》という想い人がいるから、太助のために断ったのかもしれない。

「そりゃね、あたしは家の跡取りのこともあるから、いつまでも独り身ってわけにはいかないし、別に一人でいたいわけでもないんだけど、それをどうするかはあたしが決めたいの」

加代は己に言い聞かせるように、言葉を続けた。

「女として所帯を持つのが幸せとか、二親《ふたおや》のために子を生《な》すのが幸せとか言ってくるけど、そんな世間の当たり前なんて知らないわ。あたしは女として幸せになりたいんじゃなくて、加代として幸せになりたいの」

　こんなことばっかり言ってるから、早く所帯を持てと怒られるんだけどね、と加代は笑った。

　おきぬはしばし加代を見ていたが、ややあって「ありがとう」と礼を告げた。

「どうしたのよ」

「あたしもずっとそう思ってた。でも娘の晴れ姿と孫を見たいっていう親の心持ちは分かるし、それに応えようとしない自分はおかしいんじゃないかという想いを抱えて生きてきた。だから、同じ心を持ってる人がいると分かっただけで嬉しいし、楽になれた。それにあのくそ婆《ばば》あをやり込めてくれて、すっきりした」

「いいのよ。それより、今度お茶でもしましょう。おきぬさんと甘味の話をもっとしたいわ」

「いいわね。こちらこそ」

　好きなことに没頭してさばさばした性根のおきぬは、お鈴にとって自立したかっこいい女に見えたが、その傍《かたわ》らで生きづらさも抱えているのだろう。

　幸せとは、いったいなんなんだろうと思う。

　加代やおきぬの気持ちはよく分かるし、あのおばさんの言も一つの幸せではあるのだろう。きっと幸せの形に正解はなくて、人それぞれの道がある。所帯を持つことだけが幸せなのではなくて、あくまで幸せの一つが所帯を持つことなのかもしれない。

大人達は、そんなことを考えながら所帯を持ったり子を生《な》したりしているのだろうか。今のお鈴には見当もつかないけど、世の人々は凄いなとあらためて思う。

道を行き交う人をぼんやりと眺める。

仲睦まじそうな夫婦や、子連れの親。杖を突いて歩く老人。みんなどのように考え、どのように悩み、どのように己の道を選んだのだろうか。そして今は幸せなのだろうか。ふと、そんなことを聞いてみたくなった。

＊

二人と別れて、みと屋に帰ってきた。

看板障子を開けると、夕暮れに包まれた中に一際濃い闇が見えた。瞳を凝《こ》らすと喜平のようで、床几《しょうぎ》にぽつんと腰かけて肩を落としている。障子から赤い陽が伸び、顔に赤黒い影を落としていた。

「喜平さんおひとりですか」

「ああ、銀次郎の親分も弥七のあにいも出かけてはってな。おいらひとりで留守番や」

喜平はのろりと顔を上げた。どことなく口ぶりに元気がない。

「喜平さん、どうかしましたか」

「ん、いや、なんもあらへんで」

お鈴は厨房に入り、白湯《さゆ》を入れた。盆に湯飲みを載せて戻り、喜平の脇にそっと置く。

「ああ、おおきにな」

喜平は湯飲みを取り、ちびりと啜《すす》った。

みと屋で喜平と二人きりになるのはあまりないから、少し落ち着かない。いつもは陽気に軽口を叩く喜平だが、今日は口が重く、時折壁をじっと見つめていた。

「なあ、お鈴ちゃん」

顔を向けると、喜平は神棚を見上げていた。

「才はあるけど楽しゅうない仕事やるんと、才はないけど楽しい仕事すんの、どっちが幸せなんやろな」

しばし考える。

「そうですね」

喜平につられて神棚に目を滑らせると、飾られた木彫りのバッタが夕陽を浴びていた

「才がなくても楽しい仕事をするほうが幸せだと思います。あたしは自分に料理の才や腕があるとは思ってませんけど、それでも料理をするのが一番幸せなんです」

「そうか。おいらはな、逆なんや」

「逆、ですか」

「ああ、才があるもんは、その才を活かしたほうがええと思う。それがその人がいっとう輝ける場所なんやからな」

「それも、そうかもしれません」

唐突に始まった話の行き場はどこなのか。今日の喜平はいつもと雰囲気が違っていて、心なしか怖さを感じた。

「お鈴ちゃんは、弥七のあにいが人殺すところ見たことあるか」

「い、いえ、ないです」

「そらそうやな」

喜平はくつくつと笑った。

「あにいの殺しはな、ほんまに凄いねん。舞みたいなもんでな、優雅で綺麗で、見《み》惚《と》れてる間に全部終わってる。あんな凄い腕持った人は後にも先にもなかなかおらへん」

「はあ」

「だからな」と言葉を継いだ。

「あの人は、ほんまは料理屋手伝ってるような人ちゃうねん。あの人のええところを輝かせんまま、こんなことしてててええんやろか」

そんなことない、と強く言いたかったが、言葉が出てこなかった。

弥七の腕が凄いことはお鈴も知っているし話も聞いている。それがたとえ人を殺《あや》める技だとしても、常人では持ちえぬ才であることは確かだ。天賦《てんぷ》の才を殺したまま生きていることは幸せなのかと問われると、どう否定していいか迷いが生まれた。

「でも。でも、弥七さんはもうそういう仕事をしたくなくて、足を洗ってるんですよね」

「ああ、そや。でも、それはほんまにあにいが本心から言ってるんやろか」

「で、でも」

「なあ、お鈴ちゃん。何が幸せなんやろな」

言葉に窮《きゅう》していると、喜平は急に破顔した。

ぱちんと両の手を顔の前で打ち合わせる。

「いやあ、すまん。お鈴ちゃんに変な話してもうたな。なんや昔の頃の夢見てもうただけやねん。気にせんといて」

喜平は勢いよく立ち上がり、「よし、ちょいと表でも掃いてくるわ。お鈴ちゃんは休んどいてや」と外へ出ていった。

　看板障子から差し込む陽は、喜平が座っていた場所を妙に赤く染めていた。

四

「灌仏会《かんぶつえ》のお参りに行きましょう」と言い出したのは弥七だ。

「灌仏会ってなんですか」と問うと、

「お釈迦《しゃか》様のお誕生日のお祝いでね、お寺で小さな仏様に甘茶をかけるのよ」と説明してくれた。

「おいらが留守番しときますさかい、三人で行ってきてくださいよ」と喜平が申し出たので、銀次郎と弥七と三人で出かけることにしたのだった。

　みと屋から四半刻ほど歩いたところに、こぢんまりした寺がある。町とは逆の向きなので、参拝する人も少なくて快適だ。

　境内《けいだい》に足を踏み入れるやいなや、「わあ」と声を漏らしてしまった。

　境内《けいだい》の真ん中に、花で彩られたお堂ができていたからだ。牡丹《ぼたん》、芍薬《しゃくやく》、燕子花《かきつばた》など色とりどりの花で飾られており、その中央には仏様が飾られている。仏様はお寺にある像をそのまま小ぶりにしたようなもので、とても可愛らしい。華やかで美しくて、まるでこぢんまりとした極楽が現れたかのようだった。

「あれはね、花御堂《はなみどう》って言うのよ。真ん中にいる仏様に、甘茶をかけるの」

「どうしてそんなことをするんですか？」

「ええとね。あれ、なんだっけ。親分知ってる？」

「お釈迦様が生まれた時に、龍が天から清浄の水を降り注いで産湯《うぶゆ》を使わせたという逸話が由来らしいな」

「そういえば、なんで甘茶をかけてるのかしら」

「霊水である甘露になぞらえてるらしい」

「へえ、さすが親分。物知りねえ」

「ふん」

　列に並びながらそんなことを話しているうちに、三人の順がやって来た。一人ずつ柄杓《ひしゃく》を手に持ち、甘茶をすくって誕生仏にかける。このところみと屋が暗い空気に包まれがちなので、どうかよいことが訪れますように、と願いつつ甘茶を注いだ。

「さ、お茶飲みに行きましょうか」

　このまま店に帰ると思っていたので、きょとんとすると、

「お寺で甘茶をふるまってくれるのよ」と弥七は笑った。

弥七の言の通り、本堂の脇では寺の人達が甘茶をふるまってくれていた。

それぞれ甘茶をもらい、椀を片手に石段に腰かける。

お鈴は甘茶を飲むのははじめてだ。おそるおそる口に含むと、薬のような独特の風味の後に、しっかりした甘みが広がってきた。

「甘くて美味しいです」

「そう、だから甘茶なのよ」

「砂糖が入ってるんでしょうか」

「いや、砂糖は入ってねえ。茶の葉が持つ甘みのはずだ」

「それでこんなに甘いなんて、凄いですね」

寺の境内《けいだい》は、ちらほら人影が見える。熱心に仏様を拝んでいる老婆。所帯を持ち立てなのか、固く手を握り合っている男女。境内《けいだい》を駆け回る子どもと、それを追いかける父親。それぞれの光景が目に入る。

「当たり前に生きることが幸せなんでしょうか」

ぽつりと口からこぼれ出た。

「どうしたの、お鈴ちゃん」

顔を覗き込む弥七に、この間の一件を話した。所帯を持たせたがるお節介焼きのおばさんと、困っていたおきぬ。そのおばさんをやり込めてくれた加代。

さすが加代さんねえ、と弥七は笑いながら聞いてくれた。

「加代さんの言うことも分かるし、でも、あのおばさんの言う通り、早く所帯を持って子を産んでる人も幸せそうだし、幸せってなんなんだろうって考えてしまって」

――なあ、お鈴ちゃん。何が幸せなんやろな。

言葉を発しながら、喜平の声がちらりと聞こえた気がした。

弥七はうーん、と天を見上げる。

「それは難しい悩みよねえ。でも確かなことは、幸せに絶対なんてないってことね」

「そうなんですか」

「そりゃそうよ。じゃあお鈴ちゃん、一生暮らしに困らないくらいの金持ちは幸せだと思う？」

「そうですね、暮らしにも困らないし、悩みごとがあっても解決できますし、幸せなんじゃないでしょうか」

「そうね、明日のおまんまの心配をしなくていいことは幸せね。でもそれだけの金があったら盗賊に狙われやすいでしょう。盗人に入られるんじゃないかとドキドキしながら暮らすのは幸せかしら」

「それは、怖くて絶対に嫌です」

いつぞやみと屋に三太が忍び込んでいた時のことを思い出す。もしも悪い奴だったらどうしようと生きた心地がしなかった。あんな恐怖が毎日続くなんて、どんなに金を積まれても嫌だ。

「でしょう。じゃあ金持ちは幸せとは言い切れないわね」

「ううん、そうですね」

「それとおんなじよ。早くに所帯を持って子を産んだって、亭主の浮気癖に悩んでる女房もいるし、子と上手くいかない親もいる。みんなの言う当たり前の生き方で幸せになれるなら苦労しないわよ」

「当たり前ってのに縛られすぎてる奴のほうが、むしろ幸せじゃねえかもな」

銀次郎は煙管《キセル》をくゆらせながら、ぼそりと言った。

「ま。親分もあたしも色々あって生きてきたし、いまだに世の中の当たり前なんかからはみ出し続けてるけど、それなりに幸せよ。ね、親分」

「人生なんて気の持ちようだ。己が幸せだと思えば幸せだし、不幸だと思えば不幸になっちまう。それだけの話だ」

銀次郎が吐いた煙が、形を変えて空に溶けていった。

「そろそろ行きましょうか」

弥七は甘茶を飲み干して立ち上がった。

「これでみと屋のみんなは無病息災よ。灌仏会で甘茶を飲むと、病《やまい》にかからないって言われてるの。きっといいこともやって来るわよ」

灌仏会に誘ったのは弥七の気遣いだったのだろう。嫌がらせが続いて沈みがちのみと屋に、少しでもいいことがあるようにと。

――みんな健《すこ》やかに、そしてみと屋に幸せが訪れますように。

そう祈りながら、お鈴も最後の一口を飲み干した。

＊

お寺からみと屋への帰り道。店がまもなく見えてこようとした頃だ。

「ねえ。誰かしら、あれ」

柳の木の下にしゃがみ込む人影がある。どうやら女のようだ。

「あの、大丈夫ですか」

近づき声をかけた。膝を抱えてうずくまっているが、品のいい着物を身に纏っている。いったいどこのお嬢さんかと思っていたら、のろのろと上げられた顔は、おきぬだった。

「おきぬさん、どうしたんですか」

「ああ、ごめん。気づいたら来ちゃってた」

おきぬは悄然《しょうぜん》とした有様《ありさま》で、顔は血の気を失って白くなっていた。両腕で肩を抱きしめており、指は肌に食い込んでいる。

「あの婆あのせいで、さっきまで無理やり見合いをさせられてた。あたしよりだいぶ年上でさ、前の女房は逃げちゃったみたい。そんな男の後妻なんだって」

おきぬは虚《うつ》ろな目で言葉を継いだ。

「ねちっこい目で見てくるし、女房たるもの、とか何度も言うし。商売やってて金はあるみたいだけど、死んでもごめんだからすぐに断ったの。そうしたら、行かず後家のお前をもらってくれる男なんていないのに、選ぶなんて何事だって逆に説教されて、無理やり縁談を進めようとされて。色々限界で、そのまま逃げてきちゃった」

きれぎれに話しながら、おきぬは弱々しく笑った。

「おきぬさん。お店で休んでいってください」

「いい。ここで座ってたらずいぶん落ち着いた。迷惑かけたね」

「駄目ですよ。顔が真っ白じゃないですか。さ、立てますか」

「いや、大丈夫」

押し問答を繰り返していると、背後から銀次郎の「ばかやろう」が飛んできた。

「いいから休んでけ、その辺でぶっ倒れられたら寝覚めが悪いだろうが」

有無を言わさずに休ませることにし、弥七とお鈴で手を貸して店の中に招き入れた。

＊

おきぬはしばらく小上がりで横になっていた。

徐々に落ち着いてきたようで、今は身体を起こして床几《しょうぎ》に腰かけている。先ほどまでは紙切れのような色をしていた面《おもて》も、頬に赤みが戻ってきた。しかし表情は沈んだまま、俯き気味でしょんぼりしていた。

「あたしは、変なのかな」

声は細く、かすれていた。

「婆あにも言われた。女なのにおかしいって。これまでずっと、そんなことを言ってくる婆あがおかしいと思ってた。でも、おっかさんやおとっつあんの悲しそうな顔を見ると、あたしが間違ってるんじゃないかと思うようになった」

おきぬの両手に、そっと手を重ねた。

手は氷のように冷たく、小刻みに震えている。その手を温めるように包み込む。

「おきぬさん、よかったら何か食べていきませんか」

おきぬは目を濡らしたまま、小さく頷いた。

おきぬのための料理を用意するのに、そう刻はかからなかった。

みと屋の空気を明るくしようと、折よく作っていたものがあったのだ。銀次郎や弥七に食べてもらおうと思っていたのだがちょうどいい。憔悴《しょうすい》したおきぬにしっかりした定食が食べられるとは思えなかったし、優しく滋味深い食べ物で心を満たしてやりたかった。そういう意味でもぴったりな食べ物だった。

出来上がっていた「あるもの」を取り出して、切って見栄えよく器に盛ったりして出来上がり。

盆を持って店に戻ると、弥七とおきぬが談笑していた。まだ笑みは硬いが、少しでも元気が戻っている様子でほっとする。

「さ、どうぞ」

器を差し出す。

中には賽《さい》の目に切られた半透明なものがぷるぷると揺れていた。

おきぬは器を受け取り、しげしげと眺める。

「何これ、豆腐？」

その言の通り、器の中で豆腐が浮いているように見える。だがそれは浮いているのではなく、周りを透明なものが覆っているせいで、そう見えているのだった。

おきぬは箸で小さく分けて、口に入れた。

と、目を細め、丸くし、再び目を細めた。

「甘い。お豆腐なのに。何これ」

自分が食べているものと頭の受け止めが追いついておらず、当惑している。

「それは、こおり豆腐という甘味なんです」

「こおり豆腐」

「『豆腐百珍《とうふひゃくちん》』で紹介されている、少し変わった甘味です。豆腐を寒天で固めて黒蜜をかけています」

「甘味なのに豆腐なの？」

「はい、そうです」

お鈴はにっこりと笑った。

「おきぬさん、豆腐ってどんな時に食べますか？」

「味噌汁に入れたり、冷ややっこにしたりして食べる」

「甘味として食べたことはありますか」

「そんなこと、あるはずないじゃない」

「どうしてですか」

「どうしてって、そりゃあ豆腐は甘味じゃないから」

「今食べたこおり豆腐は、美味しくなかったですか?」

「美味しかった」

「じゃあ、豆腐は甘味でもいいんじゃないでしょうか」

「それは、そうだけど」

「お豆腐の当たり前は、味噌汁に入れたり、冷ややっこにしたりすることかもしれません。でも、それだけが正解じゃないんです。一見変わった食べ方だって、食べてみたら美味しかったりする。お豆腐以外もそうです。食べ方に当たり前なんてないんです」

おきぬは再びこおり豆腐を口に入れ、美味しいと呟いた。

「当たり前って、いったいなんなのかしらね」

手元の器に目を落としたまま、口を開く。

「みんなが当たり前に生きろって言う。当たり前ってそんなに正しい生き方なの。当たり前に生きたら、必ず幸せになれるの」

口調は淡々としているが、悲痛な叫びのようだった。

おきぬの心を少しでも楽にしてやりたかったが、お鈴にはそれ以上かける声が見つからず、口を噤《つぐ》んでしまう。

そこへ声を投げたのは、銀次郎だった。

「当たり前に生きるってのは、楽なんだ。均《なら》されてる道があるから、その道に沿って行きゃあ、前を歩く奴が教えてくれるし、手も貸してくれる。だから親ってのは我が子に少しでも楽に生きてほしくて、当たり前に生きることを望むんだ」

おきぬは顔を上げ、銀次郎に眼差しを向けた。

「だがな。本当はみんな怖いんだ。幸せに絶対なんてねえ。当たり前の道を信じて歩いてきたけど、本当に合ってるんだろうかと、誰もかれもがびくびくしてやがる。もしかしたら当たり前じゃない道のほうが正しいんじゃないかと、心のどこかで怯《おび》えてる。だから当たり前の道から外れた奴を攻撃しやがる」

道端で口を挟んできた年かさの女を思い出す。加代やおきぬ、お鈴にまであれこれと女の幸せについて説《と》いてきたが、あの人も、怖かったのかもしれない。己の心に従って生きるおきぬの道が。いや、もしかすると羨ましかったのかもしれない。

「世の中の当たり前に歯向かうのは、楽じゃねえ。向かい風もあるし、茨《いばら》の道でもある。仲間が少ねえから何かあっても自分でなんとかしていかなきゃならねえ」

銀次郎は「それでも」と続けた。

「おめえがその孤独に立ち向かえるなら、おめえはおめえの道を行けばいい」

ぼそりと「大丈夫だ」と言葉を継ぐ。

「おめえの信じる道が、おめえにとっての幸せだ」

おきぬの目から、はらりと涙が落ちた。

袂を眦《まなじり》に押し当て、そのまま声を出さずにおきぬは泣き続けていた。

しばらくして、おきぬは声を湿らせたまま「ありがとう」と言った。

「ずっと怖かった。自分の生き方を貫いていいのか不安で、いつも寂しかった」

「好きなものがあって、それに打ち込めるのは凄いことよ。大丈夫、自信を持ちな」

弥七がおきぬの肩に手を置く。

「そうだ、いっそのこと好きを極めちゃうって手もあるかもよ」

「どういうこと」

「あたし、番付《ばんづけ》作りに知り合いがいるのよ。よかったらその手伝いの口が利けるかも。おきぬさんにぴったりじゃない」

料理屋や甘味屋などを精査し、順位をつける。色んな店を食べ歩き、風聞に惑わされずに己の目と舌で判断を下せるおきぬにぴったりなように思えた。

しかしおきぬはやんわりとかぶりを振った。

「ありがとう。でも、やめとく」

「あら、どうして。好きなことで稼いで、嫌な婆あを見返してやればいいじゃない」

「そうね。確かにそうだけど」

おきぬは口元を緩めた。

「あたしの食べ歩きは、仕事にしたいわけじゃない。好きでやってるから幸せ。あれを仕事にすると、たぶん楽しくなくなるから」

瞳からは重い光が消え去り、柔らかで強い輝きが瞬《またた》いていた。

五

みと屋は相変わらず閑古鳥《かんこどり》が鳴いている。

嫌がらせは続いているし、悪い風聞も収まることはない。しかし、このところ少し割り切れるようになった。もともと客が来なかったのだ。元に戻っただけではないかと。

それに、悪いことが続いたのなら、きっとこれ以上悪くなりようがないだろうと。

そんなみと屋だが、今日は明るい話し声が響いていた。

久しぶりにおきぬが店に来ているのだ。

「あれから、親ときちんと話した。あたしは所帯を持ちたくないわけじゃない。ただ、今は所帯を持ちたい相手がいないし、あたしの好きなことに打ち込みたい。もし得心がいく相手に出会ったり、やりたいことが落ち着いたりしたら、所帯のこともきちんと考える。だからむやみと見合いをするのはこれきりにしてほしい。おとっつあんやおっかさんがあたしに早く所帯を持ってほしいのは分かってるけど、あたしは好色な爺《じじ》いの後妻になるくらいなら死んだほうがましだって」

「それで、どうなったんですか」

「親子の縁を切られると覚悟してたら、すまなかったと詫びられた」

「そうなんですか？」

「おめえがそんなに苦しんでいたとは知らず、すまなかった。確かに早く所帯を持ってほしい心はあるが、一番はおめえが幸せに生きてくれることだ。見合いがそんなに辛いとは知らず、すまないことをした、とね」

「おきぬさんのおとっつあんとおっかさん、凄く優しい人なんですね」

「ええ、そうなの」

おきぬは恥ずかしそうに、しかし嬉しそうに言った。

「でも、あのおばさんは大丈夫なんですか？　また見合いでも持ってくるんじゃ」

「それがね」

おきぬは内緒話でもするように口に手をかざした。

「あの婆あ、ごうつくの爺いに若い女を宛《あて》がって、見返りに金をもらってたんだ。だから誰かれ構わず見合いを繋げようとしていたようでね。あたし以外にもひどい見合いばかりだったのが問いただされて、今は肩身狭くしてる」

ざまあみろ、とおきぬは愉快そうに笑う。

以前よりも晴れやかで、重りでも取れたような笑顔だった。

「それはよかったですけど、よく事情が分かりましたね」

「それが、長屋に妙な投げ文があって。婆あが見合いを組んで金をもらってた件が全部書いてあったのさ。誰が書いたか分からないしはじめは信じてなかったんだけど、ちょっと気になってね。これまでの見合い相手の中で口の軽そうな男を選んでかまをかけてみたら、あっさり話してくれたのさ」

「そんなことがあったんですね」

「読売に書かなかっただけありがたく思ってほしいね」

あの強引なふるまいには、そんな裏があったとは。そして思いもよらぬところから明るみに出てしまうとは、悪いことはできないものである。

それにしても、投げ文の主は誰なのだろう。おきぬの他に見合いを押しつけられた女だろうか。だとしたら自ら問いただしそうなものだ。そもそも金をもらってたということをどうやって突き止められたのか。

訝《いぶか》しく思っていると、小上がりで銀次郎と茶を飲んでいた弥七と目が合った。

弥七は悪戯《いたずら》っぽい笑みを浮かべ、ぱちりと片目を瞑ってみせた。

「じゃあ、そろそろ行くね」

「お店巡りですか」

「新しくできた団子屋に加代と行ってくる」

「いってらっしゃいませ」

おきぬと加代はすっかり甘味屋巡り仲間になったようだ。新たな店や噂《うわさ》の店に二人で通い、やれ丸いくつだのと評しているらしい。

次はお鈴も一緒に行こう、と言い残しておきぬは店を去っていった。


「元気そうでよかったわね」

おきぬが店から出た後、弥七が近寄ってきた。

「はい。二親《ふたおや》にも分かってもらえたみたいで、よかったですね」

「あの子のおとっつあんやおっかさんも偉いわ。気持ちでは子に寄り添いたくても、そうできる親ってのは本当に少しばかりよ。ねえ、喜平もそう思うでしょ」

喜平は壁に寄りかかって突っ立っていたが、腕をだらりと下げてぼんやりと土間を見ていた。

「え、あ、すまん。なんの話やったかかな」

だしぬけに弥七から話が飛んできて、当惑する喜平。その様子に弥七は眉根を寄せた。

「ねえ、あんたこのところ変よ」

「なに言うとるんや。なんもないで。ほら、この通りぴんぴんしとる」

大仰《おおぎょう》にその場で飛び跳ねてみせる喜平。

弥七は顔をほころばせることもなく、言葉をかけた。

「なんかあったんだったら、いつでも話しな」

一瞬、喜平はくしゃりと顔を歪ませた。困惑しているような悲しいような怒っているような、複雑な感情が入り混じった表情だった。しかしすぐに口角を上げ、「ああ、おおきにな」と笑いかける。

その姿を見て、弥七は深くため息をついた。

と、その時だった。

大股な足音が聞こえたかと思うと、荒々しく看板障子が引き開けられた。

客かい、と銀次郎が問う間もなく足を踏み入れたのは、黒羽織に二本差し。朱房《しゅぶさ》の十手《じって》を片手に提《さ》げている。

まごうことなき同心の姿だが、馴染みの新之助ではない。四十がらみで頬がこけて月代《さかやき》も乱れ気味。羽織も皺が寄っていて、だらしのない印象のある男だった。

無造作に歩を進めるや否や、その足で床几《しょうぎ》を蹴飛ばす。みと屋に激しい音が響き、弥七と銀次郎が身構えた。

「ここがみと屋か」

「へえ、そうですが」

銀次郎が小上がりから降りて、のっそりと答える。

「ここの飯で腹を下した客がいると聞いた。どうなっておる」

お鈴は頭が白くなり、身体が固まった。意味がすぐに解せなかったからだ。

「そ、そんなはずありません」

考えるより先に、言葉が口をついて出ていた。しまったと思った時にはもう遅い。

気づいた時には眼前に十手《じって》を突きつけられていた。鉄の鈍い光に、背中がどんどん冷たくなっていく。

「なんだこの小娘は」

「なあに、店の下働きの娘ですよ。無作法な娘であいすみませんねえ」

弥七がお鈴の前に身体を入れた。黙っていろと目で合図され、ぐっと押し黙る。

「それにしても食あたりってどういうことかしら。うちは初耳なんですけどねえ。いったいいつごろのお話で」

「まあ一月《ひとつき》ほど前のことだ」

「そりゃあずいぶん前ですね」

「食あたりが重く、申し出ができるようになるまで刻がかかったのだ」

「そうですか。でも、どうしてまずみと屋に来ずに、旦那のところに行ったのかしら」

「お前達が裏稼業の者であることは調べがついている。そのような者に申し立てるわけがなかろう」

「あら、あたし達はとっくに足は洗ってますけどね」

「さあどうだか。碌《ろく》でもない連中に堅気《かたぎ》の仕事なんて務まるわけがなかろう」

弥七の背中から殺気が膨れ上がった。びりりと威圧を感じ、お鈴でさえ足が震えるほどだ。

これはまずい、と思った。同心相手に弥七がひと暴れしたら、せっかく積み上げてきたみと屋がばらばらになってしまう。帯を引っ張って止めようとした時。

「ご迷惑かけてすいやせん」

遮《さえぎ》るように、銀次郎が歩み寄った。

低頭しながら、同心の袂に何かをねじり込む。

同心は袂の内でその感触を確かめていたが、下卑《げび》た笑みを浮かべた。

「まあいい。今日はこれで帰ってやる。追って沙汰を申し渡すので、それまで大人しくしておるように」

そう言い残して、戸外へ出ていった。

「親分、ごめんなさい。あたし」

「かまわねえ」

「でも、食あたりなんて絶対におかしいわよ。お鈴ちゃんがあれだけ丁寧に料理を作ってるんだから、ありえない」

お鈴も同様に感じていた。もちろん絶対ということはないが、食あたりしそうなものに心当たりがまったくなかったからだ。みと屋で出す飯は、日持ちがするように心がけている。焼き魚や煮物といった火を通しているものばかりで、刺身などの生物は出したこともない。それに真夏ならまだしも、春に差しかかったばかりだ。放っておいてもそうそう傷みはしない。

「一月《ひとつき》前だと客も増えてない頃だから、そんなことがあればすぐに耳に入っているはず。そもそもそんな前のことを今さら持ち出してきたのも、なんだか妙よね」

「みと屋への嫌がらせ、悪い噂《うわさ》。ここに来て食あたりだ。偶然にしちゃあできすぎてやがる」

「裏があるってことね」

「ああ。それもよく仕組まれてるな」

「ねえ、喜平」

弥七はおもむろに振り返って、喜平を見据えた。

「あんた、最近そぶりがおかしかったけど、もしかして、何か知ってるんじゃないの」

喜平は無言のまま、逃げるように顔を逸らす。

「本当にそうなの」

弥七が顔色を変えて詰め寄った。

「ねえ、何とか言いなさいよ」

しかし喜平は顔を暗くしたまま口を開こうとしない。

みと屋で何が起きているのか。状況に追いついていけず、心に当惑だけが渦巻く。

これ以上悪いことは起きないと高をくっていた自分を殴りつけたい気持ちになる。

みと屋に害を成そうとする誰かがいるのか。だとしたら何が目的なのか。

弥七が言う通り、喜平が関わっているのだろうか。あれだけみと屋に客を呼んで明るくしてくれた喜平が。

「そ、そんなことないですよね、喜平さん」

そんなことないと言ってほしかった。いつもの大坂訛りでへらりと笑ってほしかった。

動悸《どうき》がにわかに高まってゆく。
喜平が顔を上げ、ちらりとお鈴の目を見た。その目は氷のように冷たかった。
刹那《せつな》、止める間もなく店から飛び出していった。
銀次郎も弥七も追うことはせず、それぞれ苦い顔を浮かべるのみだ。
静寂があたりに満ちる。お鈴はその場にぺたりと座り込んだ。

第四話　ぽっかり味噌汁

一

しゃがみ込んで、板壁をぼろ布で擦《こす》る。何度も何度も。

今朝がた泥をぶつけられていた跡は、まったく残っていない。それでも汚れがどこかに残っているように思えて、お鈴は手に力を込めた。

胸に渦巻くのは悔しさだ。みなで築き上げてきたものを汚されて、布が擦り切れそうになるほど、いくたびも手を動かす。

「お鈴ちゃん。もういいんじゃない」

我に返り、お鈴は手を止めた。

振り向くと、弥七が水の入った桶を地面に下ろしたところだった。

「そろそろ店に戻りましょ」

はい、と力なく答えて、お鈴は立ち上がった。

暖簾《のれん》がかかっていない看板障子がぼんやり見えた。

同心が乗り込んできて、しばらく生きた心地がしなかった。

みと屋がなくなってしまうかもしれないし、その原因はお鈴の料理かもしれないのだ。ことによっては召し捕られてもおかしくはない。夜は眠れず、昼は震えながら暮らしていた。

その後、件《くだん》の同心が再びやって来て、居丈高《いたけだか》に沙汰を申し渡した。

事件から日が過ぎていて、他の客の証言を取れなかったこと。みと屋の厨房を調べても食あたりが出そうなものが見つからなかったこと。奉行所内で新之助が庇ってくれたこと。それらを踏まえて、さすがに実刑は下せなかったらしい。憎々しげに語る同心の様子から、どうやら最悪の事態は免《まぬが》れたと分かった。

お鈴達がしょっぴかれることはなかったが、商いには影響があった。店を開けることはまかりならんと申し渡されて、暖簾《のれん》を下ろすことになったのだ。

得心がいかないと銀次郎が異を申し立てたが、やくざの元親分の言い分を奉行所が取り合うはずもない。けんもほろろの対応で終わり、為《な》す術《すべ》はなかった。

みと屋が食あたりを出したという噂《うわさ》は、またたく間に広がった。いや、何者かに悪意を持って広められたと言っていいのかもしれない。異様な速さで元の形を留めぬほど大きくなり、人死にが出たらしい、などと言いふらす者もいる。みと屋の面々がしょっぴかれていないことこそ、食あたりが出たと言い切れない証のはずなのだが、お構いなしだ。

　鳴りを潜《ひそ》めていた嫌がらせも増え、店に人がいようがいまいが、泥や墨で汚されるようになった。今日も気づいたら墨の汁を壁につけられていたので、さっきまで掃除をしていたのだった。


「お鈴ちゃんがすっかり綺麗にしてくれたわよ」

みと屋に戻り、弥七が言った。銀次郎は「そうか」と短く答えるのみだ。

「ま、そのうちに飽きておさまるでしょうよ」

やれやれ、と弥七は床几《しょうぎ》に腰かける。

突っ立っていたお鈴は、前垂れの裾を握り締めた。

「あの、すみません」

「どうしたの」

「もしかしたら。もしかしたら、あたしの飯が悪かったのかもしれません。そうだとしたら、あたし、お二人になんて謝ればいいか」

　どれだけ思案しても、食あたりを起こす心当たりはなかった。それでも、万に一つということはありえるし、何よりそう言っている人がいるのだ。己のせいだという思いが常にお鈴の心を占めていた。

「それはないわよ」

「それはねえ」

銀次郎と弥七が声を揃えて言う。

「だいたい、客が来てないんだから、食あたりなんて起きるはずがないのよ」

「でも」と言い募るお鈴を、弥七が目で止めた。

「食あたりになったっていう奴を突き止めたんで、ちょいと探ってみたのよ」

弥七が話を続ける。

「年かさの男みたいだけど、借財もなし、博打《ばくち》をしてるようでもなし、変な噂《うわさ》を聞くでもなし。いたって普通のようでねえ」

それなら、なおさら食あたりは真《まこと》なのではないか。そう返そうとしたら、

「でも、たぶんそいつは嘘をついてるわ」

弥七が鋭く言った。

「どうしてですか」

「直《じか》に話を聞こうと思ってね。住んでる長屋に行ってみたのよ。そしたらね、その男は長屋を引き払ってた。それもあの同心がみと屋に来る前の日にね」

「それって、どういうことですか」

「あたし達に話を聞かれたらまずいことがあるってことよ」

銀次郎が煙管《キセル》を火鉢に打ちつけた。高い音が響く。

「裏があるな」

「間違いないわね」

弥七は重々しく頷いた。

「新之助さんにも尋ねてみたけど、よくは知らないみたい。でもね、みと屋に来たあの嫌な同心いたでしょ。あいつは奉行所でも評判がよくなくて、裏の筋とも色々繋がってるみたい」

「その筋から探れねえか」

「繋がってる筋が多すぎて、難しそうねえ」

弥七は両手を上げ、銀次郎は「ふむ」と腕組みをした。

「どこかのどいつに嵌《は》められたんだろうな」

「そうみたいね」

「俺達はお上に目をつけられてるからな。下手に動くと難癖つけられちまう。厄介だな」

渋い表情を浮かべる銀次郎と弥七。

みと屋の周りで起きている見えない出来事。不安と恐れと腹立ちがない交ぜになって、冷たい悪寒が足先から這い回る。

「あの、誰かがわざと嘘をついて、みと屋が店を開けられないようにしたってことですか」

「たぶん、そうね」

みと屋は客も来ない料理屋だ。どこかの店の客を奪ったわけでもないし、誰かに迷惑をかけた覚えもない。こんなちっぽけな店に害を成して、どんな利があると言うのだ。

「喜平さんが、何か知っているんでしょうか。何か関わっているんでしょうか」

「様子がおかしかったし、ああやって店を飛び出していったってことは、怪しいのは違いないわ。あの子を信じてあげたいけど、今は信じられる術《すべ》がないわね」

あれから喜平は店に帰ってこない。ぱったりと足取りが途絶え、長屋にも姿を見せていないようだ。店にたくさん客を呼び込んでくれた喜平が、店に仇《あだ》を成すとは考えたくないが、疑惑の念は拭い去れなかった。

「いったい誰がこんなことをしているんでしょう」

「さあね」と弥七が言った。

「あたしも親分も碌《ろく》な生き方はしてきてないからねえ。あたし達を恨む奴らはいくらでもいるわ」

「報いかもしれねえな」

銀次郎の押し殺した声が響く。

お鈴は言葉を返すことができなかった。

頭上でぱたり、と音がした。

ぱたり、ぽたり。

あれよあれよと激しくなり、やがてざあっと打ち叩くような音に代わる。

今日は朝から鈍色《にびいろ》の雲が分厚かったが、いよいよ雨が降ってきたようだ。

障子の外も灰色がかり、みと屋も急に薄暗くなった。

ざああという音だけが店の中に響き渡る。

銀次郎は小上がりで。弥七とお鈴は床几《しょうぎ》で。それぞれの場所に腰を下ろして、誰も口を開かずに雨音を聞いていた。

「親分と会ったのも、こんな雨の日だったわね」

目を向けると、弥七は看板障子を見つめていた。

「ある殺しを請け負っててね。相手はさるお侍さんだったわ。身分を笠に着てやりたい放題やって方々から恨みを買っててね、あたしのところにお鉢が回ってきたの。遊郭にこっそり繰り出したのを見計らって、そっとひと仕事。全部手筈通りに進んだわ。でもね、そのお侍さんが最期に言ったのよ。『おぬし、楽しいか？』ってね。死の間際にその一言だけ残して事切れたわ。なんてことない一言で、気にせずとっとと帰ればいい。なのに、それが妙に胸に刺さっちゃったのよね」

雨音に交じって語られる言葉は、思い出なのだろう。お鈴は黙って弥七を見つめた。

「それまでたくさんの仕事を請け負って、たくさんの人を殺《あや》めてきた。そのうちに『カマイタチの弥七』なんて呼ばれるようになって、裏の世では知られる名にもなった。でも、ずっと心はどこかぽっかりしてたの。その穴に気づきながら、見ないようにして生きてきた。でも、お侍さんの言葉で気づいちゃったのよ。ああ、あたしは楽しくなかったんだなあって」

銀次郎が煙管《キセル》から口を離し、息を吐いた。白い煙がゆらりと漂《ただよ》う。

「それに気づいちゃったら、とたんに何もかもが空《むな》しくなっちゃったの。でも殺しの仕事しかしてこなかったから、他に行くとこもできることもない。そもそもやりたいことだってない。あたしってなんだったんだろう。なんにもないんだなあ。そう思ってぼんやり歩いてるうちに、空から大粒の雨が降ってきたわ。ちょうど今日の雨みたいに」

戸の外からは、激しい雨の音が続いている。

傘も差さずに総身を濡れ細らせながら、とぼとぼと歩く弥七の姿が瞼の裏に浮かんだ。

「まだ空気も冷たくてねえ。雨に打たれてるうちに身体も冷えて、足も真っ白になっちゃって。歯の根が合わないほどがたがた震え始めちゃって、もしかしたらこのまま風邪でもこじらせて死ぬかもしれない。でもそれでもいいか、なんて思いながらあてもなく歩いてると、ふいに雨が止まったの。あれ、と思ったら、雨がやんだんじゃなくて頭の上に傘が差し出されていたわ。傘を持っていたのはむすっとした親分よ」

そこで弥七はくすりと笑い、銀次郎に笑いかけた。

「親分のことはね、前からよく知ってたの。知ってたなんてもんじゃないわ。なんなら敵同士みたいなもんだったから」

「そうだったんですか」

黙って話を聞いているつもりが、つい口を挟んでしまった。みと屋を一緒にやっている仲だ。きっと昔からの仲間なのだろうとすっかり思い込んでいたのだ。

「そうなのよ」と弥七はお鈴に向き直る。

「親分はね、義理と人情の大親分ってので名が知られてたし、その筋でも一目置かれるお人だったわ。でも、そのぶん煙たく思う奴らもたくさんいてね。あたしはそっち側に雇われてたのよ。親分の仲間を手にかけたこともあるし、もしかしたらいずれ親分に刃を向けることだってあったかもしれない。だから、親分にとっても『カマイタチの弥七』は憎い敵だったはずなのよ」

　まさかそんな間柄だったとは。唖然としてしまう。

「そんな親分がね、しかめっ面をしたまま『ついてこい』って言うのよ。あたしはもうどうでもいい気持ちになってたから、言われるがままについていったわ。親分が足を洗ったって噂《うわさ》は耳にしてたけど、なんたって怨敵だからね。もしかしたら殺されるかもしれない。それでもいいやって思った。だって楽しくないなら、生きてる意味もないしね」

　そこで弥七は面白そうに笑った。

「そうやって連れてこられたのが、ここ。みと屋よ」

　弥七はぐるりと店を見回した。慈《いつく》しむように、懐かしむように、ゆっくり目をやる。

　銀次郎は腕組みをしたまま、静かに煙管《キセル》をふかしていた。

「まだ床几《しょうぎ》なんかも揃ってなくてねえ。がらんとした土間に小上がりがあるだけだった。小上がりに座らされて、濡れ鼠の身体を拭いてもらって。それで『待っとけ』って奥に消えていったわ。そしたら奥からがたんばたんって聞こえるし、いったい何やってんだろうってぼんやり思っていたのをよく覚えている」

　銀次郎が「ふん」と鼻を鳴らす。

「しばらくして、親分が奥から戻ってきたわ。手に持っていた椀を突き出して『食え』って言うの。中にはどろっとした茶色いものが入っててね。あたしは言われるがままに手に取って、啜《すす》ったわ。そしたらさあ、もうね。ほんっとうにまずいの。たぶんね、味噌汁だったんだと思うけど、味噌を入れすぎてどろどろしてるし、しょっぱいし、中の具は固いし。まるで頭をぶんなぐられた心持ちで、それまでぼうっとしてた頭が急にしゃんとなったわね」

弥七が「でもねえ」と笑んだ。

「なんだか、凄く優しかったのよ。とんでもなくまずいのに、心に染み入ってくる味がして、つい全部食べちゃった」

お鈴ははじめて銀次郎と出会った時のことを思い出した。

おとっつあんを捜しに江戸に出てきたが、疲れ果てて行き倒れてしまった。その時に銀次郎が助けてくれ、握り飯を食わせてくれた。茶色くてべちゃべちゃしていてしょっぱくて。思わず「まずい」と口に出してしまったものだが、あの味は銀次郎の温かさとして、今もお鈴の心に残っている。

あの時と同じ温かさを、弥七も感じたのだろう。

「親分は何もしゃべんないし、今と変わらず不機嫌そうに煙管《キセル》ふかしてるだけ。その顔を見ながら、いつの間にかぼんやりと聞いたのよ。『あんた、今、楽しい？』って」

つられて目を向けると、銀次郎はむっつりした表情を浮かべていた。

「そしたら、親分は一言だけ『おう』って答えたわ。それ聞いた時にね、思わず言っちゃったの『あたしをここに置いてくんない？』ってね」

「銀次郎さん、なんて答えたんですか」

弥七は悪戯《いたずら》っぽく答えた。

「『好きにしろ』だってさ。さすが親分、器が大きいわよねえ。こっちのわけも聞かずにそう答えるんだもん。ま、あたしも何も聞かずに言っちゃったもんだからさ。親分がここで料理屋を始めようとしてると聞いてたら、そんなこと言わなかったけどね」

「ね、親分」と弥七が声を飛ばし、銀次郎は「うるせえ、ばかやろう」と返した。

「あたしみたいなのが足抜けするってのはさ、大変なことなのよ。しかももともと敵同士だった親分のところに転がり込むわけでしょう。裏切ったと言われて当然よ。命を取られてもおかしくないし、よくても腕の一本とか目玉の一つとか差し出さないといけない。それくらいの覚悟でいたんだけど、親分が手を回してくれたおかげで、金を積むだけで手打ちにしてもらったわ。ま、そのおかげで貯めた銭はすっからかんになっちゃったけどね」

弥七はふらりと立ち上がり、壁際に歩み寄った。

柱に手を当てて、ゆっくりと撫でる。その手つきは愛おしそうで、優しさに溢れていた。

「あの時のあたしが選んだ道は正しかったたって今でも思うわ。ずっと間違って生きてきたあたしが、一つだけ間違えなかったことかもしれない。だって、こんなに客が来ないのに、あたしは生きてて楽しいんだもの。しかもお鈴ちゃんが来てくれて、もっと楽しくなった。こんなに幸せなことはないわ」

淡々と語られた思い出話。銀次郎と弥七にそんな過去があったとははじめて耳にした。しかし、とても二人らしいと思った。銀次郎と弥七の関係は、心の繋がりのような気がしたからだ。

そして何よりみと屋という場所だ。料理を通して人様の心を支えたいと願って銀次郎が始め、そこで弥七が救われた。そしてお鈴も助けられて今ここにいる。銀次郎のみならず弥七にとっても、このみと屋はかけがえのない場なのだ。もちろんお鈴にとってもそうだ。

だからこそ、どうにか店の疑いを晴らして昔のみと屋に戻りたい。そう心の内で願うも、何もいい手立ては思いつかない。

外では、激しい音が続いている。

雨はまだ、当分やみそうになかった。

二

青い空には綿毛のような雲。

頭上のお天道様《てんとうさま》は優しい光をそこかしこに投げかけている。

眼前に広がる大きな池は、その陽射しを受けてきらりと輝いていた。

ここは不忍池《しのばずいけ》である。蓮で名高い池だが、この時期はまだ葉も花も開いていない。

広々とした水面には、枯れた葉の残骸がちらほら浮かんでいるだけだ。名の分からぬ白い鳥が遠くに見える。

「ううむ。少し遅かったようですね」

隣の新之助が渋面を浮かべた。視線の先に目をやると、八分ほど散ってしまった桜の木々があった。

「でも、まだ残っている花もありますよ。ほら、あそこ」

お鈴が指さした木はうっすらと花弁を残していた。他の木々は葉桜になってしまい、茶と緑しか色がないが、その木だけは全体的に薄桃色を保っている。

「あの木の下でお昼にしませんか」

「ちょうど腹も減ってきたところです。参りましょう」

桜の木の下に、並んで腰を据える。

お鈴は風呂敷を開いた。持参したのは竹の皮で包まれていた握り飯と竹筒に入った水だ。「召し上がってください」と手渡す。

「やあ、嬉しい。おむすびですね」

「はい、そうです」

おむすびの話は、以前に不忍池を訪れた時に、新之助に話したことがあった。

おとっつあんとおっかさんと三人で作る握り飯を、おむすびと呼んでいた。家族の絆を結ぶからおむすびなんだとおとっつあんは言ったものだ。まだ幼いお鈴は綺麗な形が作れずに、大きくなりすぎたり歪《いびつ》になったりしたものだけど、それをみんなで笑い合うのが楽しかった。

新之助は竹の皮を開いて、握り飯を手に取った。三角の形をして、真っ黒い海苔で覆われている。それを口に運び、大きくかぶりつく。

「おっ、何やらこりこりして口触りがいいですね」

「はい。中にたくわんを入れているんです」

「なるほど。いやあ、うまい」

「よかったです」

お鈴も包みを開き、握り飯に口をつけた。巻く前に炙《あぶ》っているので、海苔の風味が香ばしい。白米の甘みと塩気がほどよく混ざっており、上手く作れたようだと安堵する。

握り飯を食べながら、何気なく空を見上げた。

ちぎれ雲がゆったりと流れ、どこかで鳥がさえずる。

風が吹いて、木々の葉擦れが耳朶《みみたぶ》をそよがせた。

ここしばらくみと屋に籠《こも》っていたから、外に出るのは久しぶりだ。爽やかな空気を吸うと、塞ぎがちだった心にも風が抜けるような気がする。

——花見に行きませんか。

そう誘ってくれたのは新之助だ。

きっとお鈴を気遣ってくれてのことだろう。新之助の横顔を見つつ、心の中で礼を言う。

「前に訪れた時も、季節外れでしたね」

「そうですね。紅葉狩りに来たのに、紅葉が全然なくて」

「いやあ、私はつくづく花見に縁がない男なのかもしれません」

「いえ、もしかしたら、あたしのせいなのかも」

二人で顔を見合わせ、くすりと笑う。

不忍池は昨年の秋に新之助と共に訪れていた。その時は紅葉を楽しむはずが、時期を逃したせいですべて散っていたのだった。

今回は桜の花見のはずが、ほとんど花が落ちて葉桜になっている。例年であれば満開の頃なのだが、今年は開花が早く、そのぶん散るのも早かったようだ。

僅かに残っている桜を眺めて昼飯を食べながら、二人でたわいもない話をする。

新之助の捕り物の話、加代に甘味友達ができた話、新之助が最近読んだ黄表紙の話、弥七が紅を新しくした話、相変わらず三太が生意気な話。

一通り話しつくしたところで、新之助がお鈴に尋ねた。

「それで、その後はいかがですか」

「はい。嫌がらせは減ってきました。新之助さんのおかげです。ありがとうございます」

汚されたり、ひどい言葉を書きつけた紙を貼られたり。

店を閉じてから、嫌がらせは一気に増えた。この店にはどんなことをしてもいいと思っているのだろう。銀次郎や弥七が姿を見せて一喝してもお構いなしで、嘲笑や侮《ぶ》蔑《べっ》を投げてくる者もいた。

このままだと店に火つけでもされかねない。二階に住んでいるお鈴の身に危険が及んではいけないと、寝床を移すことを銀次郎と弥七が思案してくれていたほどだ。

そんな噂《うわさ》を聞きつけた新之助が、折を見て見回りに来るようにしてくれた。黒羽織で十手《じって》をちらつかせた同心がいると、さすがにむやみなことはできない。便宜を図ってくれたおかげで、店への嫌がらせはずいぶん落ち着いてきた。

「むしろこの程度のことしかできず、力不足ですみません」

「いいえ、本当に助かりました。やっぱり少し怖かったんです」

看板障子には板を打ちつけたので、店の中は真っ昼間でも暗い。銀次郎や弥七も交代で店に来てくれるが、どれだけ話を交わしても、心は滅入っていった。

昼間は誰かがいてくれるからいい。日が暮れると一人ぼっちだ。木戸も閉まるし、夜更けに嫌がらせをしにくる者はいない。しかし、何かあるのではないか。何かされるのではないかという怯《おび》えが常に心に巣くっていた。

ささいな物音にも敏感になり、夜具に身体を横たえても頭と目が冴えたままだ。まんじりとして眠れぬうちにあたりが白くなり、気づけば朝を迎えている日が続いていた。

それが嫌がらせの減ったおかげで、以前に比べると眠れるようになってきたのだった。

「だから新之助さんには、きちんとお礼を伝えたくて。あの、本当にありがとうございました」

お鈴は膝の上で手を揃えて、深々と頭を下げた。

新之助は唐突に「お鈴さん」と言った。

「は、はい」と顔を上げる。

「あ、あの」

新之助は両の手を握り、顔つきを何やら強張らせている。

「はい」

「お、お鈴さんのことは、わ、私が、あの、お守りします。その、必ず、生涯、守りますから」

新之助がなぜ頬を真っ赤に染めているのか分からず、きょとんとしてしまった。しかし気にかけてくれていることが伝わってきて、お鈴は再び頭を下げた。

「ありがとうございます。嬉しいです」

新之助はしばし呆気にとられた風だった。やがてすぐに動揺し始め、

「あ、いや、今申したことは忘れてください」と手をぶんぶんと振り回す。

「あの、どうかしましたか」

「いえ、なんでもないのです。なんでもないのです。さあ、そろそろ参りましょう」

声高に言って立ち上がる。妙に狼狽《うろた》えている新之助がおかしく、笑い顔でお鈴も腰を上げた。

桜の花弁がはらりと舞い、新之助の肩の上にそっとのった。

三

「それはずいぶんな言葉じゃない。新之助様、男を見せたわねえ」

「どういうこと」

「それはあれよ。ずっと守るってことは、そういうことよ」

「ねえ、だからどういうことよ」

「んもう、本当にお鈴ちゃんは鈍いんだから」

加代は呆れた顔をして、ばたりと夜具に倒れ込んだ。それに倣《なら》って、お鈴も夜具へと倒れ込む。

ふんわりと身体を包まれる柔らかな夜具だ。手触りも滑《なめら》らかで、つい何度も触ってしまう。身体を横たえたまま隣を向くと、加代と目が合った。なんだかおかしくなり、二人で微笑み合った。

お鈴がいるのは加代の屋敷だ。

――店を開けられないなら、暇でしょう。うちに遊びにいらっしゃいな。

加代の屋敷とはつまり大瀧屋のことである。

江戸でも名高い大店《おおだな》に上がるなんてもっての他だ。ひとたびは断ったのだが、「遠慮しないでいらっしゃいな」と加代に押し切られ、言葉に甘えることにした。

みすぼらしい町娘が敷居をまたぐんじゃないと怒られるのではと不安を抱いていたが、店の人達はよく来たと温かく迎え入れてくれた。加代の父は大瀧屋の主《あるじ》にもかかわらずお鈴を歓待してくれ、「これからも加代をよろしく頼む」と頭を下げられて困ってしまったほどだ。後から聞くところでは、加代が騙《かた》りにあった騒動を耳にして、銀次郎達に深く恩義を感じていたのだそうな。

夕餉《ゆうげ》を馳走になり、加代の部屋に夜具を敷いてもらった。あまり夜更かしはせぬように釘は刺されたが、行灯《あんどん》も使っていいとのことなので、加代と二人でしゃべり明かしている。

「お鈴ちゃんはさ、新之助様のことをどう思ってるの」

「どうって、優しくて頼りになる同心様で」

「そうじゃなくて。男の人としてってことよ」

「そんなの。考えたこともないし」

「どうしてよ。新之助様はお鈴ちゃんに気があるのよ」

「そんなわけないじゃない。だって新之助さんは立派な同心様で、あたしはただの料理屋の奉公人なのよ」

みと屋の常連とはいえ、住む世も身分も違う身だ。そもそも新之助が自分を好いてくれているなんて、あるはずないではないか。何をからかうのだと思っていると、加代は真剣な眼差しを向けた。

「お鈴ちゃんも武家の娘でしょ」

そう言われてはたと気づく。もともとおとっつあんは安中藩の筆頭賄方《まかないかた》だった。藩に戻ってからは禄をもらっているので、今は改めて武士の身である。町娘としてずっと生きてきたので実感も何もなく、考えもしていなかった。

「そ、それはそうかもしれないけど。でも」

「で、新之助様のことをどう思ってるの」

新之助の顔を思い浮かべてみる。のっぺりしたうりざね顔で、へらりと笑う。人によっては頼りないと評するかもしれないが、それは優しさの裏返しだとお鈴は知っている。生真面目すぎて融通が利かないところもあるけれど、町人を誰より大切にしてくれる同心だ。

新之助のことを男として考えた経験がなかったから、自分自身でもよく分からない。新之助と話したりどこかに出かけたりするのは、とても楽しくて好きだ。ずっとこうした時が続けばいいと思う。しかし、男として好いているのかどうかは答えが出せなかった。

ただ確かなことは、新之助について考えるたびに胸の奥が温かくなり、どきどきと脈が速くなるということだった。

「よく、分からない。でも、嫌いじゃ、ないと思う」

加代は「そう」と答えて、

「ま、今日はこれくらいで勘弁してあげるわ」と悪戯《いたずら》っぽく言った。


それからしばらく、とりとめもない話を二人で交わした。

加代が太助と出かけた話。くろが銀次郎のようにふてぶてしくなっていく話。大瀧屋に伝わる怪談話。

やがて、話題はみと屋のことに収斂《しゅうれん》していった。

「ねえお鈴ちゃん。これからみと屋はどうするの」

「銀次郎さんと弥七さんが動いてくれてるけど、どうなるかはまだ分からないの。早く、店が開けられるようになるといいんだけど」

「もともとお鈴ちゃんは、おとっつあんを見つけるためにみと屋で働いていたんでしょ」

こくりと頷く。

「それが無事に見つかったのなら、もうみと屋にいなくたっていいんじゃないの」

「それは、そうだけど。でも」

言い淀むお鈴に、加代は「あのね」と言い添えた。

「あたしは親分さんも弥七さんも好き。でも一番大好きなのは、友達のお鈴ちゃん。お鈴ちゃんのためなら、いくらでも料理屋に口を利いてあげられる。凄い大店《おおだな》は難しいけど、今よりももっと客が来て、待遇もいい店で働けるようにできる」

加代は崩していた足を直した。

「お鈴ちゃん、無理しなくたっていいの。逃げたっていいの。もしも親分さんや弥七さんに義理立てしてるなら、そんなこと気にしなくたっていい。きっと二人だってそんなこと望んじゃいない。お鈴ちゃんの幸せだけを考えたらいいの」

「うん、ありがとう」

お鈴はそれだけ言って俯いた。涙がこぼれてしまいそうだったからだ。

加代の言葉は心に染みた。こんなにも己のことを案じてくれることが何より嬉しかった。もったいないくらいの友だと胸の内で深く感謝した。

実際、加代の言葉は正しい。みと屋はいつ店を再開できるのか見当がつかない。よしんば店を開けられたとしても、これだけ悪評を広められてしまうと客の入りは到底見込めないだろう。

　このあたりを潮時にして、別の道を考えてもいいのではないか。

　みと屋のことは銀次郎と弥七に任せて、別の料理屋で働けばいいではないか。もっと客の訪れる店で働くほうが料理の腕だって振るえるはずだ。加代の口利きであればきっと悪い店ではないだろう。

　どう思案したって加代の言うことが正しい。

　それなのに、何かが心につかえていた。

　考えれば考えるほど迷いが生まれ、簡単に加代の誘いに首肯できなかった。

「そう言ってくれて本当に嬉しい。でも、もうちょっとだけ考えさせて」

　どうにか絞り出したお鈴に、加代は優しく笑いかけた。

「いいのよ。でも覚えておいて。あたしはいつでもお鈴ちゃんの味方だから」

　それだけ告げて、加代はばさりと夜具に潜《もぐ》り込んだ。

「さ、そろそろ寝ましょ。あんまり夜更かしすると叱られちゃうわ」

　うんと頷いてお鈴も夜具にくるまる。柔らかな肌触りに包まれながら、控えめな声で「ありがとう」と囁いた。

四

店を閉めていると、みと屋にいてもやることがない。

料理の修業をしたり、新しい献立を考えたりしたいところだが、煮炊きの匂いをさせすぎると目をつけられてしまう。自分の食べる米を炊くので精一杯だ。

新之助のように黄表紙を嗜《たしな》むわけでもないし、不安が常に渦巻いている心持ちでは、それらを純粋に楽しめるとも思えなかった。

店に籠《こも》っていても気持ちがふさぎ込むだけなので、このところの日中は外を歩いている。目的も決めず当てどなく歩くだけ。そうして適当なところで帰ってくるのだ。足を動かしていると気がまぎれるから、今のお鈴にぴったりであった。

今日も朝から歩いていたが、ふと寺に行こうと思い立った。

特に理由はないが、手を合わせたくなったのだ。

たとえそれが縋《すが》るだけの空《むな》しい行為だとしても、何もしないよりはましだった。

みと屋の近くには小さな寺がある。

お鈴が門をくぐると境内《けいだい》には人影はなく、閑散《かんさん》としていた。

ここは灌仏会のお参りをしに銀次郎と弥七と訪れた寺で、あの時はもう少し活気があったものだが、今は人気《ひとけ》がまったくない。しんと静まり返った境内《けいだい》を進み、本堂に歩み寄る。

奥に見える仏様に向かって、そっと手を合わせた。

目を閉じ、心の内で願う。

——早く、元のみと屋に戻れますように。

時間をかけてじっと祈り、お鈴はやっと目を開けた。

一礼をして本堂から離れる。

人もいないしやることもないので、境内《けいだい》を少し散歩することにした。

色んな木が植えられているが、綺麗に掃き清められており、地面には葉っぱ一つ落ちていない。瓦を見たり、木の枝に止まる鳥を見たり。ぼんやりと歩を進めていく。

その中で、ひときわ大きな木を見つけた。葉の形から銀杏《ぎんなん》だろうか、幹に手を当ててみると、乾いた感触が手のひらに伝わってきた。

はあ、と一つため息をつく。

——お鈴ちゃん、無理しなくたっていいの。逃げたっていいの。

——お鈴ちゃんの幸せだけを考えたらいいの。

大瀧屋で一晩を過ごしてから、時折加代の声が頭に聞こえてくる。

加代の言う通りだと分かりつつ、店を移ったらいいという言葉には、まだ迷いがあった。

それはみと屋や銀次郎や弥七達への未練なのだろう。しかしどれだけ未練があろうとも、今回の件はどうしようもない。

客が来ないことは己の努力や工夫で変えていけると思っていた。だがお上に睨まれて店を開けられないとなると話は別だ。たとえ身に覚えがなく、もしかしたら誰かに仕組まれたのだとしても、ここから状況を好転させることは難しい。

お鈴に今の事態を打開できるとは思えなかったし、一介の奉公人がそこまでやる義理もない。

――早く、元のみと屋に戻れますように。

そう仏様に願おうとも、そんな都合のいいことが起きるとは、お鈴も思っていなかった。

ならば、みと屋に残っても仕方ないのではないか。

だけど、心の奥がもやもやする。

お鈴は幹から手を離し、再び境内《けいだい》を歩き始めた。

と、視界の隅で、何かが動いた。

寺の裏手には墓地がある。小さい寺だから墓の敷地もこぢんまりとしているが、そこに人影が見えたのだ。

すらりと伸びた背筋。整った横顔。唇に光る紅。

「弥七さん」

口の中で呟くと、弥七がふいにこちらを向いた。

目が合い、弥七は少し驚いた顔をした。しかしすぐににこりと笑い、お鈴に向かって手を挙げた。

＊

弥七はお鈴を連れて、無言のまま墓地を歩いた。

共同墓地を抜け、外れたところにある土饅頭《どまんじゅう》の前で止まり、その場でしゃがんだ。

僅かに生えた雑草をむしり、手に持っていた花を一輪置く。

両手を合わせ、深く頭を垂れる。

その様子をお鈴は黙ったまま見つめていた。

やがて弥七は手を下ろして頭を上げた。

「ここはね、あたしが殺《あや》めてしまった人達のお墓なのよ」

振り返らぬまま、ぽつりと言った。

「もちろんお骨なんて残っちゃいないから、この下には何にもないんだけどね」

「お墓、ですか」

弥七の背中に問いかける。

「親分に出会って足を洗ってから、だんだんと己のやってきたことが、頭で分かるようになってきたわ。あたしは三太みたいな育ちだから、泥水を啜《すす》って生きてきたし、生きるためにはなんでもやるしかなかった。裏の世界に入りたくて入ったわけじゃないけど、あたしがたくさんの人を殺《あや》めてしまったことは消せない事実なの」

弥七はしゃがんで背を向けたまま、淡々と話し続けた。

「いちおうあたしなりの義もあって、なんでもかんでも仕事を受けていたわけじゃない。相応の理由がある相手しか手にかけなかった。でも、だから許されるわけじゃあない。あたしが犯してしまった罪は、あたしが一生背負い続けなきゃいけない。そう思って住職さんにお願いして、ここにお墓を作ってもらったの。そしてこうやって時々お参りに来ているってわけ」

そこでやっと弥七は立ち上がり、お鈴に顔を向けた。

その顔はいつも通り柔和な笑みを湛《たた》えていたが、どこか寂しそうにも見えた。

「どれだけ心を入れ替えようが、あたしや親分はまっとうな生き方はしていない。あたし達に恨みを抱えている人もきっといるでしょう。今のみと屋で起きていることも、もしかしたらあたし達の過去が原因かもしれない」

「そんなことありません。だって、弥七さんや銀次郎さんはこんなに優しいのに」

「それとこれは別よ」

弥七は首をゆっくり横に振った。

「きっぱり足を洗っても、いまだに手を貸してくれないかって悪い奴らから話が来るわ。そう簡単に過去をなかったことにはできないのよ」

「でも」

「もしもあたし達の過去が仇《あだ》となっているなら、それはあたし達が背負わなきゃいけないこと。お鈴ちゃんが背負うべきことじゃない」

弥七の手が肩に置かれた。ずいぶんひやりとした手だった。

「だから、あたし達のことは気にしないでいいのよ」

「え」

「お鈴ちゃんは、お鈴ちゃんの幸せを考えなさい。あたし達のためとか、みと屋のためとか、考えなくていいの。あたしと親分の願いは、お鈴ちゃんが幸せになってくれること。これ以上、あたし達に付き合わなくていいのよ」

「でも、その」

否定したいのにできない。言葉が出てこない。そして心のどこかで、弥七の言葉に少しほっとしている自分もいた。

「お鈴ちゃんが来てくれて本当に楽しかったし、幸せだったわ。ずっと裏通りを歩いてきて、まっとうなことで誰かに感謝されたことなんてなかった。それが、お鈴ちゃんのおかげで、お客さんにありがとうって言ってもらえた。本当に嬉しかったわあ」

お鈴は無言で俯いた。弥七の優しさが今は少し辛かった。

「悔しいのは、喜平の客引きに頼らずにみと屋が繁盛している姿を見られなかったことだけど、でも十分。あたしも親分も思い残すことはないわ。ありがとうね、お鈴ちゃん」

何と答えればいいか分からず、俯いてしまう。

弥七は言葉を重ねることなく、無言で立ち去っていった。

お鈴はそのままじっと立ち尽くしていた。

*

とぼとぼと道を歩く。

弥七の言葉はとても優しく、そしてどこか心の奥を見透かされているようでもあった。

みと屋をやめたほうがいいのではないか、その思いを察して投げかけてくれたようにも思えた。

ここらへんが潮時なのかもしれない。

そう分かっていても、まだ踏ん切りがつかない。

その迷いはどこから来ているのか。どうすればいいのか。自分の選ぶべき道はなんなのか。

ますます胸の内をもやもやさせたまま歩みを進める。

そのうちに、柳の木が見えてきて、二階建てのみと屋が姿を現した。

と、店の前に佇《たたず》む人影があった。また誰かが嫌がらせに来たのだろうかと身構えたが、風体を見て違うと気づいた。三度笠に肩には挟み箱。どうやら町飛脚らしい。

「あの、みと屋に御用ですか」

「ああ、ちょうどよかった。文の届けもんでさあ」

そう手渡されたのは、遠い地から届いたおとっつあんからの手紙だった。

みと屋の看板障子は板を打ちつけて閉めているので、裏口からそろりと入った。

薄暗い厨房がぼんやりと浮かび上がる。

使われていない皿や鍋を眺めていると、足元に柔らかなものが触れた。

にゃあと小さい声。

見ると、くろが足先にまとわりついていた。つんとしながら、尻尾をくるりと足首に巻きつけている。

くろは銀次郎が面倒を見ているものの、野良猫のように生きている。小窓は開けているので、遊びに来たい時はいつでも店に入れるようにしているのだ。ふらりと現れ、ふらりと去っていく。

久しぶりにみと屋に遊びに来たのか。それともお鈴のことを案じてくれたのか。

お鈴はしゃがみ込んでくろを抱き上げた。つぶらな金の瞳がこちらを見据え、暖かな体温が伝わってくる。

くろを腕に抱えたまま、店の中に進む。

しばらく閉め切っているせいで空気が濁っている。毎日掃除をしているはずなのにくたびれていて、生気を失っているようだ。

草鞋《わらじ》を脱いで小上がりの隅に腰を下ろす。銀次郎の定位置なので遠慮していたが、ふと座ってみたくなったのだ。

くろが膝の上に乗って丸くなる。その背を撫でながら、お鈴は文を開いた。

おとっつあんが藩に戻った後も、文のやりとりを続けている。いつもは身の回りに起きたことを綴《つづ》っているが、一つ前に送った文では、みと屋が店を開けなくなったことを記していた。おとっつあんから届いた文は、お鈴の弱音に対する返事であった。

——謂《いわ》れのない食あたりで店を開けられないのは、料理人にとって辛いだろう。大変だったな。おとっつあんはお前を信じているから、何と言われようとも胸を張れ。

——きっと色んなことを悩み苦しんでいるだろう。そんな時は胸に手を当てて、お前が本当にやりたいことは何なのか考えるんだ。それが見えてきたら、心のままに動くといい。

——進むも道だし、逃げるも道だ。どちらがよくてどちらが悪いわけでもない。

——進む道は大きな苦しみもあるだろう。だから惰性《だせい》で選ばぬほうがいい。

——逃げる道を選ぶ時も思案が必要だ。立ち向かうことから逃げるのは楽なことでもあるし、一度逃げてしまうと心に逃げ癖がついてしまう。容易《たやす》く逃げる道は選ばぬほうがいい。もっとも、藩から逃げていた俺が言えた義理ではないがな。

——お前の信じる道が正しい道だ。それが幸せに繋がる道だ。己の心を信じて進め。おとっつあんはいつもお前のことを見守っている。

——だが、本当に辛かったら、いつでもこちらに戻ってこい。

ぽたりと涙が落ちて、文字が薄く滲《にじ》んだ。

黒々とした文字からは、お鈴のことを案じるおとっつあんの心が伝わってきた。

お鈴が抱えている不安と迷いを包み込んでくれる優しさ。背中を押してくれる温かさ。

ありがとう、おとっつあん、と胸の内で呟いた。


あたしの本当にやりたいこと。

おとっつあんの文の通り、胸に手を当てた。

目を瞑り、これまでのことを思い返す。

おとっつあんの店を手伝っていた時のこと。おっかさんと二人で暮らしていた時のこと。江戸に出てきて銀次郎に救われた時のこと。銀次郎と弥七とみと屋で料理を作る時のこと。色んな客を迎えた時のこと。

己の人生にはいつも料理があった。はじめはおとっつあんを手伝っているだけで満足だったけど、いつしかおとっつあんのような料理人になりたいと願うようになった。

やがてひょんなきっかけからみと屋で働くことになり、料理人になることができた。

次は自分の料理を見つけて店を繁盛させたいという願いができた。

その願いは料理屋ならどこでもいいのだろうか。

銀次郎のむっつり顔と、弥七の笑顔が脳裏に浮かんだ。加代と新之助の声が耳奥で聞こえる。手元でくろが控えめに鳴いた。

いや違う。

ここでなきゃいけないんだ。みと屋でなきゃいけないんだ。

あたしはみと屋で自分の料理を見つけたいんだ。みんなと一緒に、みと屋を繁盛させたいんだ。

他の料理屋じゃあ、だめなんだ。

視線を上げると、いつもと違う光景が広がっていた。

小上がりの隅からはみと屋が一望できる。店を開いていた時は暖簾《のれん》をくぐってやって来る客、床几《しょうぎ》で飯を食う者が見えたはずだし、厨房も目の端に入る。

銀次郎はここからみと屋のすべてを見ていたんだな、とふと思う。

お鈴はただの雇われ人だ。主である銀次郎とは違う。でも、己にとってもみと屋は大切な場所だ。

だから、もう一度この場所で客を迎えたい。

閑古鳥《かんこどり》が鳴いてるかもしれないけれど、暖簾《のれん》を掲げて、温かな飯を用意して待っていたい。誰かの腹を満たして、誰かの道が開けるように。

銀次郎と、弥七と共に。

己が今進むべき道が決まったような気がした。

あたしが何かやったところで、何も変わらないかもしれない。でも、できるだけのことをやって、あがいてみよう。

だから、まずは動いてみよう。

くろが膝元から離れ、ぴょんと床几《しょうぎ》に飛び乗った。お鈴に向かってにゃあと鳴く。

それはお鈴のことを応援してくれているような声音だった。

第五話　しょっぱい白飯

一

「なんだかこうして揃うのは久しぶりねえ」

床几《しょうぎ》に腰かける弥七。小上がりに陣取って胡坐《あぐら》をかく銀次郎。その膝の上で丸くなるくろ。馴染みのあるみと屋の光景だが、弥七の言の通り、みなで顔を合わせるのは久しぶりだ。

店を閉じてからも銀次郎と弥七は顔を出してくれていたが、変に姿を見せることで騒ぎ立てられてもよくないため、交代で訪れていた。だからみと屋の面々が揃うのはずいぶん懐かしい。

こうして一堂に会したのにはわけがある。お鈴がみなを集めたのだ。

「お二人ともすみません」

「いいのよ。どうせ暇だしね。ね、親分」

銀次郎が「ふん」と鼻を鳴らす。

「実は、銀次郎さん弥七さんと、これからのみと屋について話し合いたかったんです」

それで、と続けようとするお鈴を、銀次郎が「俺からも話してえことがある」と遮《さえぎ》った。

「食あたりの疑いで店は開けられねえ。なんとかできねえか動いたが、芳《かんば》しくはねえ。今のままだと、みと屋が店を開けられる道はねえだろう。そもそも食あたりも心当たりがねえし、店の与太を広めようとしている奴がいるんだ。それがどこのどいつかを暴かねえと、みと屋の疑いは晴れねえ。だが、食あたりを言い出した奴は姿を晦《くら》ましていて見つからねえ。弥七と調べちゃあいるが、お手上げだ」

「だからな」と語を継いだ。

「店を畳もうかと思っている」

みと屋にとって大きなことのはずなのに、銀次郎は表情一つ変えずに言った。

弥七も動転したそぶりは見せず、口を挟もうともしないから、既に二人で話し合っていたことなのだろう。

「このままだと給金も払えねえ。それにこんなことでおめえの腕を死なせるのはもったいねえ。この辺が潮時だったんだろう。俺の伝手《つて》でよけりゃあ働く場所くらいは世話してやれる。大した店じゃねえが、うちよりは客の来る店だ。もしくはおとっつあんのところへ帰ったっていい」

　お鈴は黙って耳を傾けていた。

　戸惑いはあったが、やはりか、という思いもあった。弥七と墓地で話した時から、お鈴を案じてそういうことを言い出しかねないのではないかという念が頭の隅にあったのだ。

　だからこそ、こうして二人を呼んだのだ。

　お鈴は銀次郎と弥七、それぞれに瞳を向けた。そしてきっぱりと言った。

「あたしは、みと屋で料理がしたいです」

　しばし、店に静寂が落ちた。

　思いもよらぬ返答だったのだろう。銀次郎と弥七は間の抜けた表情を浮かべ、目を丸くしている。

「お、おめえ、何を」

「お鈴ちゃん、あのね」

「あたしも、ずっと考えてました。このままみと屋にいてもいいのか。別の店に行ったほうがいいんじゃないか。そんな中で、あたしのやりたいことってなんだろうって、胸に手を当てて考えたんです。そうして、あたしの道が見つかりました」

　お鈴は二人を力強く見据えた。

「あたしはみと屋で自分の料理を見つけたいんです。銀次郎さんと弥七さんと一緒に、みと屋を繁盛させたいんです」

「お鈴ちゃんの気持ちは嬉しいいし、あたし達だって心は同じよ。でもね、お店を開けられないいんじゃあ」

「だから、お店を再開できるようにすればいいんです。さっき銀次郎さんが言ってましたよね。真の下手人《げしゅにん》を捕まえればいいって」

「でも、それがお手上げなのよ。手がかりのかけらも見つけられてなくて」

弱り顔の弥七に、お鈴は笑いかけた。

「銀次郎さん、弥七さん。諦める前に、もう一度今回の騒動を考えてみませんか」


小上がりの真ん中に何枚かの紙と筆を置いた。それを囲むように、三人で車座になって座る。

紙には色んな言葉が墨で書かれていた。ここ数日かけてお鈴が記したものだ。

「これは、おめえが考えたのか」

「あたしなりに、一から考え直してみたんです。そうしたら見えてきたものがあって。それを聞いてほしいんです」

銀次郎と弥七は無言で頷いた。

「始まりはみと屋から食あたりが出たことです。これについては、二つのわけが考えられます。一つは、本当にあたしの料理で食あたりを起こしたということ。もう一つは、食あたりは誰かに仕組まれた嘘だということ」

お鈴は紙に書かれた「食あたり」という文字に、黒々とバツをつけた。

「必ずとは言えませんが、やはりみと屋の料理で食あたりが出たとは考えにくいんです。みなさんとも話した通り、傷みそうな料理は出していないし、真夏でもないし、そもそも客が来ていません」

「そうね、それはありえないわ」

「はい。だから、誰かみと屋に悪意を持っている者がいると考えます。悪意があるということは、何らかの恨みがあるんだと思うんです。その時に浮かんだのは三通りの人です」

バツをつけた紙を捲《めく》ると、新たに書かれた紙が現れた。

「一つ目は、足を洗う前の銀次郎さんや弥七さんに恨みがあって嫌がらせをしている人。ただ、これもなさそうです。そういう人がいるのかもしれませんが、それならもっと前に何かをしてきている気がします。最近になって銀次郎さん達の所在を知った、という理由もあるかもしれませんが、昔の恨みということは、相手も物騒な人達のはずです。そもそもみと屋じゃなくて銀次郎さんか弥七さんに対して直《じか》に仕かけるように思うんです」

「そうね」と弥七が頷く。

「二つ目は、足を洗った後の銀次郎さん、弥七さん、もしくはあたしに恨みがあって嫌がらせをしている人。でも、お二人ともまっとうに暮らされていますし、あたしも心当たりはありません。己で気づいていないだけかもしれませんが、これはあまり当てはまらないように思うんです」

お鈴は次々と紙を捲《めく》る。

「最後はみと屋という店を邪魔に思って嫌がらせをしている人です。でも、これも考えにくいんです。みと屋の近くに店や住まいはないので、誰かに迷惑をかけることもありません。客が増えていた時も、どこかの店の客を食ったりしたわけではありませんし」

紙に記していた「昔の恨み」「今の恨み」「みと屋への恨み」それぞれに墨でバツをつけた。

「だから、恨みという筋からだと、絞ることができませんでした」

「そうなのよ」と弥七が言った。

「あたし達も同じことを考えたんだけど、お鈴ちゃんが言ってくれた通りでね。どうにも心当たりが見つからなかったの。一番手っ取り早いのが、食あたりを言い出した奴に話を聞くことだけど足取りが辿れないし、別に変わった輩《やから》でもなさそうだし。いよいよお手上げってわけよ」

「だから、もう一つの視点を考えたんです」

「もう一つの視点」

お鈴は紙を捲《めく》った。次の紙には「利」という文字が記されていた。

「前に銀次郎さんが言ったことがありましたよね。『誰にとって利があるかを考えろ』って」

銀次郎は黙したまま、紙を見つめている。

「誰がどんな恨みを持っているのか、じゃなくて、みと屋に嫌がらせをすることで誰に何の利があるのか、で考えてみようと思ったんです」

「恨みでやったんじゃないかもしれない、ってこと」

「はい。どうしても考えが縛られてしまうので、いったんそこから離れてみたんです」

「なるほどね」

「今、こうやってみと屋は店を開けなくなりました。そのうち店を畳むことを考えざるをえません。その時に誰にどんな利があるのでしょう。たとえば、みと屋の客が流れていくことで、近くの店に利があるかもしれません。でも先ほどの話の通り、そんな店はなさそうです。次に考えたのは恨みを抱えていた人の心が晴れるという利ですが、これも見当たりません」

次々と紙にバツ印をつけていく。

「でも、そこで三つ目の利に気づいたんです」

お鈴は言葉を区切ってから、紙を捲《めく》った。

「みと屋にいる人を雇えるかもしれない、という利です」

銀次郎が「ほう」と呟いて、胡坐《あぐら》を組み直した。紙に鋭い眼差しを向ける。

弥七は眉根を寄せて「ううん、どういうこと」と困り顔をした。

「みと屋を畳んだら、あたし達は働くところがなくなります。だから別のところで働いてお給金をもらわないと生きていけません。さっきも銀次郎さんが働き口の話をしてくれましたよね。つまり、みと屋がなくなることで、あたし達を雇えるところが生まれるんです。それを利だと考える人がいるのだとしたら」

「ううん、それは分かるけど、そんな奴いるかしら。あ、もしかしてお鈴ちゃんの腕が欲しい店があって」

「いいえ、あたしは違います。残念ながらあたしにはまだ引き抜かれるほどの腕はありません」

「じゃあ誰よ。やっぱりそんな奴いないじゃない」

「欲しい人がいるなら、きっと一度はまっとうに声をかけてくるはずです。うちで働かないかと声をかけたけど断られてしまった人だとか、こんな回り道をしないと雇えない人だとか。もしもそういう人がみと屋にいるのだとしたら」

お鈴は言葉を止めて顔を上げた。

弥七に眼差しを向ける。弥七はぽかんとした表情で、銀次郎とお鈴を交互に見た。

「え、ちょっと、もしかして。あたし？」


「よーう」

そこへ折よく飛んできたのは、呑気な声だ。

視線を滑らせると、厨房から小柄な人影が姿を現した。今では新之助の小者として走り回っている三太である。看板障子は閉じているので、裏口から入るように伝えていたのだ。

「あら、三太じゃない。どうしたのこんなとこに来て」

「あたしが呼んだんです。ちょっと三太ちゃんに確かめてもらっていたことがあって」

「姉ちゃんの考え、どんぴしゃだったぜ。食あたりの野郎と繋がった」

「ねえねえ、いったいどうなってるの。何が起きてるのよ」

「分かったんだよ。一番の悪党がさ」

三太は小上がりに身を乗り出し、にやりと笑った。

「弥七のあんちゃん、熊吉一家って覚えてるかい」

弥七はしばし瞑目《めいもく》していたが、はっと険しい顔をした。

「まさか」

「そう、そのまさか。今回の件を仕組んだのは、破落戸《ごろつき》の熊吉一家。少し前に弥七のあんちゃんを引き抜こうとした野郎だよ」


みと屋の人間を欲している者がいるかもしれない。

自室でうんうん唸りながら思案していてその筋に行き当たった時に、何かが開けた気がした。だが定かでないのが、誰を欲しているかだ。

おそらくお鈴ではない。お鈴の腕を求めるとしたら料理屋しかないが、そんな回りくどいことをする必要がないし、食あたりを起こした料理人なんて雇いたくもないはずだ。そして銀次郎でもないだろう。いまだ恐れと敬意を持たれている大親分を雇いたくてこんな奸計《かんけい》を仕かける命知らずは多くないはずだ。しかし弥七はどうだ。足を洗ったとはいえ殺し屋としての腕はまだまだ落ちていないし、その名は健在だ。力を借りたい裏稼業の者は多いだろう。

その時に、思い出したのだ。

――この間も熊吉一家だっけ、どっかから話が来たけど、きっぱり断ってやったわよ。

――きっぱり足を洗っても、いまだに手を貸してくれないかって悪い奴らから話が来るわ。

もしも。弥七の力を欲している裏稼業の者がいて、みと屋を理由に断られたのだとしたら。もしも、みと屋という場所をなくしてしまえば、弥七を雇いやすくなると考えたのだとしたら。

考えれば考えるほど、すべての辻褄《つじつま》が合うように思えた。

しかし確証はないので、三太に頼んで調べてもらうことにしたのだ。

銀次郎や弥七の手を借りることも考えたが、お鈴の考えが正しいのであれば、弥七が変に動くとややこしくなるかもしれない。だから熊吉一家という名だけを頼りに、こっそりと動いてもらうことにした。

「熊吉一家ってのはさ、昔はけっこう羽振りがよかったらしいけど、今じゃあ勢いがなくなって、どんどん縄張りを取られてるらしいぜ。その熊吉一家の資金源は賭場なんだけどさ、面白いことが分かったのさ」

三太は床几《しょうぎ》にどっかと腰を下ろし、片足を組んで得意げに話し始めた。

「賭場には色んな馬鹿が来るだろ。その熊吉一家の賭場にもさ、賭け事に嵌《はま》って借金を抱えちまった若い馬鹿がいるんだってよ。そんな奴はたくさんいるんだけど、まだ若いのにずいぶんな借財をこさえちまったっていうんで、いちおう調べてみたらさ。すげえことが分かったんだよ」

へへん、と鼻の下をこする。

「もう。もったいぶらないで、いいからとっとと話しなさいよ」

「なんだよつまんねえなあ。それがさ、その借財抱えた若い馬鹿の親父ってのが、みと屋で食あたりにあったって言い出した野郎なんだよ」

「なんですって」

弥七と銀次郎が顔色を変える。お鈴も声を呑み込んだ。熊吉一家を手がかりに何かが辿れるかもしれないと思ったくらいだったのだが、まさかそこが繋がるとは。

「親父はずいぶん前に女房と離縁してるんだけど、別れた女房についていったのが、その馬鹿息子さ。だから同じ長屋に住んでもないし、長く会ってもない。ほとんど他人なんだから、そりゃあ弥七のあんちゃんが調べても分かんないはずだよ」

「繋がるな」

銀次郎がぼそりと言った。

「熊吉って野郎の名は聞いたことがある。会ったことはねえが、いい噂《うわさ》は聞かねえ奴で、手段は選ばねえって話だ。弥七、おめえあいつから何か言われてたのか」

「ええ。前に遣いが来てね、金ならいくらでも出すから、うちの一家に客分として迎えさせてくれって話があったわ。あたしは足を洗った身だし、みと屋が忙しいからおあいにく様って断ってやったけどね。それでもしつこく声はかかったわ」

「熊吉は勢いを取り戻すために、弥七の力に縋《すが》りたかった。断られちまったが、どうしても欲しい。そのためにはみと屋が邪魔だ。あそこがなくなれば弥七の居場所がなくなるし、あの店以外に弥七を働かせてくれるまっとうな店なんかねえ。そうすりゃあ引き込みやすくなる。だからみと屋を潰す算段をしたんだ」

　銀次郎は得心がいったようで、顎に手をやり、なるほどなと呟いた。

「猫の死骸なんかの嫌がらせから始めたが、店に変わりがねえから食あたりをでっち上げた。弥七に仕かけがばれたら逆に働いちまうから、足が掴まれにくい奴を使ったんだ。てめえんとこの賭場で借金作った馬鹿を見繕って、そいつの親父に『このままだとおめえの息子の腕一本なくなっちまうけどいいのか』とでも脅したんだろう。ずいぶん前に離れちまったとはいえ、大事な息子だ。それに人殺しをしろって言ってるんじゃねえ。どっかの店で食あたりに当たったと申し立てて、身を晦《くら》ませるだけ。それくらいで息子の命が助かるなら安いもんだ。おおかたあの腐れ同心も熊吉に銭を握らされてるんだろう。はなからあの野郎が仕組んだことだったんだな」

銀次郎の口ぶりは淡々としていたが、その端々に怒気が滲《にじ》んでいた。

そんなことで、と思う。

そんなことのために、まっとうに営《いとな》んでいるみと屋を潰そうとしたのか。銀次郎と弥七とお鈴の大切なみと屋を消し去ろうとしたのか。

腹のうちに激しい怒りが湧き立つ。お鈴もいつの間にか両手を強く握り締めていた。

「喜平は熊吉の仲間だったかもしれねえな。みと屋の内情を知る者がいりゃあ、仕かけやすくなるし、ひょっとすると喜平も何かに加担してたのかもしれねえ」

「で、でも、喜平さんはあんなに熱心にお客さんを呼び込んでくれていました」

「人ってのは、上がってから下がるほうが辛いんだ。繁盛させておいてから与太を立てたほうがこたえるだろう。そのために動いていただけだったのかもしれねえな」

「でも、でも」

「あのさあ」

三太がおずおずと口を挟んだ。

「ちょいと耳にしたんだけどさ。喜平って奴、あいつが熊吉一家のところに出入りしてたって話があるんだよ。けっこう前の話らしいから、定かじゃないんだけどさ」

頭の中が白くなる。

嘘だ、と思いたかった。

にこにこした笑顔でたくさん客を呼んでくれた喜平。みと屋の仲間だと信じていたのに、熊吉の仲間だったのか。むしろ手先として、みと屋を潰すために近づいたのか。

心の内では、そうではないかという疑いもあった。思案するほどそこが繋がっていくようにしか思えなかった。しかし、それを己で認めてしまいたくなかった。

弥七が身体中の息を吐き出すような、深いため息をついた。

面《おもて》を上げ、じっと天井を見つめる。

「あたしのせいだわ」

「そ、そんなことないです。弥七さんは何も」

「ううん。店を開けられなくなったのも、喜平のことも。全部あたしが蒔《ま》いた種よ。熊吉から話があった時に、もっと上手くやっていればこんなことにならなかったかもしれない。あたしの不始末だわ」

「で、でも」

「親分、あたし、けじめをつけてくるわ」

弥七は強い眼差しを向けた。

銀次郎はその目を見返し、「ふん」と鼻を鳴らした。

「本気なのか」

「ええ」

「なら、好きにしろ」

けじめとはどういうことか。熊吉一家に殴り込みにでも行くというのか。

「だ、だめです。危ないです」

「行かせてやれ」

慌てて止めようとするお鈴を、銀次郎が鋭い声で窘《たしな》めた。

「で、でも」

「これは男としてのけじめの話だ。熊吉の野郎と、弥七の。そして喜平と弥七のな」

「それは、そうかもしれませんけど」

「だがな」と銀次郎が続けた。

「奉公人の問題は主人の問題だ。だから俺も行く」

「ちょっと親分、言ってることが違うじゃないのよ」

「ばかやろう。子の不始末は親の不始末だ。それにな。俺のみと屋をこれだけ虚仮《こけ》にするとは、いい度胸してるじゃねえか。さすがに熊吉の野郎の面《つら》を拝まねえと得心がいかねえな」

「じゃあ、あたしも行きます」

思わず言葉が口をついてしまった。銀次郎と弥七がぎょっとした顔でお鈴を見て、

「ばかやろう、おめえは駄目だ」「お鈴ちゃんは駄目に決まってるでしょう」と口々

に言う。

「危ないことは心得ています。でも、あたしもみと屋の仲間です。行かせてください」

どれだけ危険だとしても、どれだけ足手まといになろうとも。決して逃げたくなかった。

己もみと屋で働く一人として、すべてを知り、すべてを見届けたかった。きちんと向き合わないと、もう一度初めから店をやり直せないような気がしたのだ。それはお鈴自身にとってのけじめとも言えた。

「駄目だ」と睨みつける銀次郎の眼光に怯《ひる》まず、負けじと睨み返す。

しばし膠着《こうちゃく》した時が流れる。

その張り詰めた空気を断ち切ったのは、くろだった。

「にゃあん」

銀次郎とお鈴の間に歩み寄ってきて、一つ鳴く。

その声にみなの肩の力が抜けた。

銀次郎が腕組みを解き、ふてくされたように「勝手にしやがれ」と言う。

「くろが言うなら仕方ないわね。お鈴ちゃんが言い出したら聞かない性分なのは、あたし達もよく知ってるし。でもね、絶対にあたし達の傍から離れちゃだめよ」

「はい、もちろんです」

くろがぴょんと跳ねて、弥七の肩に飛び乗った。耳元でにゃあにゃあと鳴く。

「なに、あんたもついていきたいの。あんたは駄目よ。お留守番」

くろはふーっと唸り声を上げて、小上がりを降りた。呆れ顔で眺めていた三太の隣にちょんと座り、三太の膝を舐め始める。

くろの足取りにつられて、三人の視線が三太に集まった。

三太は全力で首を横に振り、

「お、おいらは絶対に行かねえからな」と言ったのだった。

二

熊吉一家が居を構えているのは郊外の屋敷だ。元はどこぞの商家の別宅だったものを借財のかたに奪い取り、ねぐらにしている。近くには廃寺があり、そこでよく賭場を開いているらしい。

熊吉は武闘派で鳴らした破落戸《ごろつき》で、歯向かう相手、文句を言う配下、それらをすべて力でねじ伏せてきた。信じる者は己のみ。仁義もへったくれもなく、あくどいことや非道なことをなんのためらいもなく行う。

はじめは数人で始まった熊吉一家は、後先も考えずに様々な縄張りを荒らしてゆき、それらをどんどん取り込んで一時は大所帯になったそうだ。しかし人を人とも思わぬ所業から逃げ出す者が多く、徐々に力を失った末に落ち目と揶揄《やゆ》されている。それでもいまだに二十人ほどは仲間がいるそうで、どれも腕に覚えのある者ばかりとのこと。

これらのことをすべて教えてくれたのは三太だ。よく短い間に調べ上げたものだと感心すると、

「大人ってのは、大人同士の前では気をつけるけどよ。子どもの前だと分かってないと思ってぺらぺらしゃべるんだ。飯屋もそうだし、特に湯屋がすげえな。こっちは無邪気に遊んでるふりしてうろうろしてるだけで、ずいぶんな話が聞けるんだぜ」

そう言って、ひひひと笑った。


店を出たのは昼を過ぎた時分だったが、熊吉一家の屋敷に辿り着いた時には夕刻になり、橙色《だいだいいろ》のお天道様《てんとうさま》は山の稜線《りょうせん》まで下がっていた。町からは外れているので、あたりは田んぼと木々ばかりだ。人気《ひとけ》はなく、寂しげな鳥の声だけが耳朶《みみたぶ》に響く。

屋根が半壊している寺を横目に通り過ぎ、道の奥に見えるのが目的の屋敷だ。破落戸《ごろつき》の屋敷には前にも訪れたことがある。偽のおとっつあんの手紙に騙《だま》されたお

鈴が飯盛り宿に連れ去られたことがあり、その証文を奪うため元凶の破落戸《ごろつき》を退治しに行ったのだ。

あの時の屋敷は古い平屋で牧歌的な佇《たたず》まいだったが、この屋敷は物々しい。瓦葺《かわらぶ》きで塀も垣根ではなく白壁だ。武家屋敷のような威容を感じるおもむきで、ここに乗り込むのか、と改めて怖さが足先から這い寄ってくる。

「もうすぐね。お鈴ちゃん、悪いことは言わないから、ここで帰っていいのよ」

一瞬そうしようかという思いが頭をかすめた。しかし己の恐れを見透かされているようで、「いいえ、大丈夫です」と答える。身体の震えを押し殺すように、両手に力を込めた。

壁沿いに進み、門が見えてきたところで銀次郎が歩を止めた。

「妙だな」

「どうしたんですか」

「音がしねえ」

耳を澄ませてみると、確かに屋敷から物音が聞こえない。草木の葉擦れと、鳥や虫の声くらいのものだ。

「熊吉一家ってのは二十人くらいいるんだろう。多少は出払ってたとしても、屋敷に誰もいねえってことはありえねえ。声や物音の一つ二つあるもんだ」

「さっきから見張りの気配もしないのよね」

弥七も顎に手を当て、眉根を寄せている。

「ちょいと様子を窺《うかが》ってくるわ」

弥七は身をかがめて素早く門に近寄った。

柱の陰に身体を隠してちらりと中を覗く。幾度か繰り返した後、小走りで戻ってきた。

「やっぱり変ね。人影がないわ」

「ふむ」

「どうする」

「罠にしちゃあ様子がおかしい。とりあえず入ってみるしかねえだろう」

訝《いぶか》しさを心に抱きながら、一同は門の中へと足を踏み入れた。

門の内側には広々とした庭と大きな屋敷があった。庭には松の木などが植えられており、葉先は綺麗に整えられている。長屋の部屋くらいはある池も見え、その周りには白い玉砂利が敷かれていた。粗暴だと聞いていたのでもっと荒《すさ》んだ場だと思い込んでいたが、整然と手入れされた様に意外さを覚えた。

弥七が先頭に立ち、その次が銀次郎、最後にお鈴の順で進む。

弥七と銀次郎は空手《くうしゅ》だが、お鈴は片手にすりこぎ棒を構えている。さすがに手ぶらでは危なそうなので、帯に挟んできた。何があるか分からないし、いつ襲われてもおかしくない。自らついていくと言ったのだから、せめて己の身は己で守ろう。そして二人の足を引っ張らないようにしよう。そう思ったのだ。

庭を横目に抜け、いよいよ屋敷に入る。

開けっ放しの戸をくぐっても、しんとしたままだ。三人で足を進めても、誰かが出てくる気配はない。

土間から上がり、屋敷に足を踏み入れた。中は畳張りだが草鞋《わらじ》を脱ぐような余裕はない。すみませんと詫びながら土足で踏みしめる。

足音をできるだけ殺して廊下を歩く。弥七は雲の上を歩いているのではないかと思うほど、まったく足音がしない。銀次郎とお鈴の足音だけがみしりみしりと響く。

閉められている襖《ふすま》は弥七が小さく開けて中を覗き、誰もいなければ隣の部屋へ。その繰り返しだ。

心の臓が激しく音を立て、足は感覚がないほど震えている。どうしてこんなところへ来てしまったんだろうと思う心を叱咤しつつ、ただ前へと進む。

やがて最後の一部屋。奥の間が見えてきた。

ぴったりと閉じられた襖《ふすま》。その前に立ち、弥七は険しい顔をした。

銀次郎とお鈴に下がるよう手で合図する。銀次郎は三歩ほど下がり、お鈴は離れた柱の陰に身を寄せて顔だけ覗かせた。

弥七が襖《ふすま》に手をかけ、一気に引き開けた。

ぱんと空気を裂く音がする。

同時に、弥七と銀次郎が息を呑んだ気配がした。

「どう、なってるの」

呆然とした声に、おそるおそる首を伸ばした。

立ち尽くす弥七と銀次郎。その隙間から見えた光景に、同じくお鈴も言葉を失った。

一瞬、数多《あまた》の死体が並んでいるのかと思ったからだ。

奥の間には、幾人もの男達が倒れ伏していた。みな体躯が立派で厳《いか》めしい顔つきだが、一様にぼろきれのように痛めつけられていた。血を流している者もいる。呻いたり、指をひくりとさせたりしている者もいるから、生きてはいるようだ。

どうなっているのか。ここに転がっているのは誰なのか。もしやこれが熊吉一家なのか。だとしたら、これをやったのは何者なのか。

まとまらぬ考えだけがぐるぐると走り回る。

そこへ投げかけられたのは、懐かしい声だった。

「さすがあにい、ぼちぼち来てくれると信じとったで」

倒れている男達に目を奪われて気づくのが遅れたが、部屋の奥には床の間が据えられていた。笹の葉が描かれた掛け軸がかかっている。そしてその真下に胡坐《あぐら》をかいて座する男がいた。

小柄で面立ちは若く、まるで犬のようにころころしている。場違いなほど邪気のない笑みを浮かべたその顔は。

みと屋から姿を消していた、喜平のものだった。

*

「それで。あらいざらい話を聞かせてもらおうじゃないの」

弥七は喜平と向かい合って腰を下ろし、胡坐《あぐら》を組んだ。いつものように柔和な面持ちだが、目だけは厳しく喜平を見据えている。喜平は口元に笑みを浮かべたままだ。

お鈴と銀次郎は弥七の後ろに控えて座った。

お鈴達がいるのは、土間から入って左手にある、庭に面した座敷だ。ゆっくり話をするために場所を変えることにしたのだ。

やはり部屋に転がっていたのは熊吉一家だった。頭の熊吉を含んだ全員がこてんぱんに伸されており、誰もが呻くことしかできない有様《ありさま》だった。このまま放っておいても、部屋から出ることは当分できそうにもなかったが、油断してひと悶着《もんちゃく》あるといけないので、奥の間の襖《ふすま》に心張り棒などを噛ませて、内から出られないようにしておいた。

「いやあ、それにしても、お鈴ちゃんまで来るとは思いもせんかったわ。えらい度胸やなあ」

変わらぬ声、変わらぬ口ぶり、変わらぬ笑顔。今までは心を解《ほぐ》してくれたそれらが空恐《から》ろしい。喜平が考えていることがさっぱり分からず、返答しようにも口が強張って上手く答えることができなかった。

「ねえ、あんたは熊吉の野郎と繋がってたの」

「ああ、そうや」

尋ねると、喜平は僅かに目を伏せた。

「じゃあ、食あたりをでっち上げたのはあんたの差し金なの」

「いや、ちゃう」

「店に死骸を置いたり、悪い噂《うわさ》を流したりしたのもあんたなの」

「それもやってへん」

「じゃあ、どういうことなのよ」

「弥七のあにいを裏稼業に戻して、上手いこと自分の味方に繋げるよう熊吉から送り込まれたんはほんまや。でも、それだけや。おいらはちゃんとあにいに戻ってきてほしかった。それやのに、熊吉の阿呆は勝手に嫌がらせし始めたり、あげく食あたりをでっち上げたりしよった」

喜平は「ほんま、しょうもないやつやで」と吐き捨てるように言った。

「みと屋からおらんなった後な、そのやり口は違うんちゃうかと熊吉と話しに来たんや。そないしたら俺に指図すんなって怒り始めてもうてな、捕まえられてこの屋敷に閉じ込められてたんや。でも、隙を見つけて抜け出して、全員ぶちのめしたった。あ、安心してな。面倒やさかい誰も殺してへんで」

喜平は熊吉の手先だったが、みと屋に色んなことを仕かけていたのは熊吉だということか。そして仲間割れしたあげくこうなった。思いもつかぬ展開に心が追いつかない。

銀次郎は腕を組んで渋い顔をしている。弥七は得心がいっていない様子で、こめかみに手を当てていた。

「んんん、ややこしいわね。もうちょっと順を追ってきちんと話しなさいよ」

喜平はにやりと笑った。

「ええけど、長い話になるで」

伝説の殺し屋・弥七と、その弟分の喜平。いつしか大坂の裏の世では知らぬ者のいない二人になっていた。弥七とだったらどこへだって行ける。弥七のためならどんなことだってできる。心から憧れた、たった一人の男だった。

それが、ある日突然弥七は姿を消した。

途方に暮れた喜平は、弥七を捜して大坂中を歩き回った。しかし影も形も見つからない。弥七のいない大坂に未練はないし、とにかく弥七を追いかけたかった。大坂を諦めて京に名古屋と渡り歩いたが、弥七の足取りは見つけられなかった。

そうして幾年かが過ぎ去り、辿り着いたのが江戸の町だ。

転々としている間も、裏稼業を生業《なりわい》にして様々な博徒の食客として生きてきた。弥七には及ばないが、喜平も鳴らした腕である。殺しの請負人として、腰を据える先々で重宝された。もちろんうまい話ばかりではない。時には裏切られ、時には寝込みを襲われることもあった。それでも襲いくる者どもを返り討ちにしながら、なんとか生き延びてきた。

弱ったのは江戸に出てきてからである。

上方からやって来た素性の知れない殺し屋は、江戸の裏社会では異《い》な者として映った。大坂の言葉が抜けていないところも拍車をかけた。厄介ごとを抱えて江戸に流れてきた弾き者として警戒され、どこも受け入れてくれない。物心ついてから裏の仕事しかしたことのない身だから、今さらまっとうに働くことはできないし、この御時世では陽の当たる仕事だって働き口はない。そもそも裏の仕事に身を置いていないと、肝心の弥七の足取りが掴めない。

そんな中で拾ってくれたのが、熊吉だった。

仁義もへったくれもなく、暴力だけでのし上がってきた熊吉だが、このところは落ち目で縄張りも減っていくばかり。しかし傲岸不遜な態度は昔と変わらず、悪辣な手口を続けている。そんな熊吉にとっては、よそ者だとしても手練《てだ》れの手駒が増えるのは好都合だった。流れ者なのもちょうどいい。顔が割れていないから、どんな汚い仕事だってやらせられるし、いざとなればあっさり切り捨てればいい。

喜平だってそんなことは分かっていた。あくまで腰かけとして当座をしのぎながら、また別のどこかへ潜《もぐ》り込めばいい。それくらいの腹積もりだった。

話が変わったのは、熊吉と飯を食っていた時のことだ。

縄暖簾《なわのれん》で酒を傾けながら、熊吉の自慢と愚痴とぼやきを聞き流していると、何気なしに言葉が放たれた。

「ああ、あの弥七の野郎を手に入れられりゃあなあ。目障りな奴らを一気にぶち殺してやれるんだがなあ」

血相を変えて詰め寄る喜平に、熊吉は教えてくれた。

名高い殺し屋のことを。剃刀《かみそり》のように薄く研いだ匕首《あいくち》ですぱりとやり、切り口がまるでカマイタチのようだったことから、カマイタチの弥七と呼ばれていたことを。大物の親分だった銀次郎の手回しで、ある日唐突に足を洗い、今は料理屋の手伝いをやっていることを。

ついに弥七の足取りを掴めた。

その嬉しさに加え、酒が入っていたこともあり、喜平も口が軽くなった。

喜平が弥七の昔馴染みであること、弥七を捜して江戸に来たこと。

それを聞いた熊吉は下卑《げび》た笑みを浮かべた。

「おめえ、手を貸さねえか。弥七の野郎をもう一度こっち側に戻してやるんだよ」

熊吉が欲しかったのは、圧倒的な存在だ。ちょっとばかり腕が立っても仕方がない。その名を聞くだけで震え上がるような力。ここから巻き返すためには、それくらいの力がいる。弥七という伝説はまさにうってつけだった。

弥七が銀次郎の口利きで足を洗ったことは、もちろん知っている。各所に仁義を切って堅気《かたぎ》になっているから、弥七に手を出すのはご法度《はっと》だ。だが、堅気《かたぎ》を痛めつけることは禁じられているが、堅気《かたぎ》になった奴を裏の世に戻すことは禁じられていない。

実はすでに幾度か弥七のもとへ遣いをやって、手を貸してくれないかと頼んでいたが、そのたびにけんもほろろに断られていた。しかし、喜平を使えば芽があるかもしれない。なにせ古い馴染みだというから、昔の連れに誘われれば心も揺らぐかもしれない。熊吉はそう睨んだのだ。

喜平にとっても悪い話ではなかった。喜平が捜していたのは誰よりもかっこよくて強い弥七だ。料理屋なんぞで働いている弥七ではない。

そんな弥七を口説いてこちら側へ帰ってきてくれれば、また二人であの頃に戻れる。またあの頃のように馬鹿をやって、誰よりも恐れられながら生きていける。

だから、喜平は熊吉の誘いに乗った。

熊吉と懇意《こんい》にしていることが知られるとまずいので、しばらく熊吉からは距離を取り、期間も開けた。

そうして周到に準備を整えた上で、まるで偶然を装って弥七に出会い、みと屋に入り込むことにしたのだ。

喜平としては、みと屋で弥七との距離を詰め、その上でじっくりと説き伏せるつもりだった。一本筋の通った弥七の性根は誰よりもよく知っている。一度決めたことを翻意《ほんい》させるのは容易ではないはずだから、慎重に動こうとした。

しかし、熊吉は悠長に待ってはくれなかった。

喜平から送られた便りから、弥七はみと屋に並々ならぬ想いを持っているようだと知ると、みと屋をなくせばいいのだと安易に思い立った。

その店をなくしてしまえば、弥七の居場所がなくなる。裏の世界で生きていた弥七にとって、居場所はそこしかないし、他に働けそうな当てもない。そうすれば弥七はまた殺し屋に戻らざるをえないのではないか。そこで説き伏せれば、弥七を手に入れられるのではないか。

そうして手下を使って猫の死骸を置いたり、悪評を流したりし始めた。それでもなかなか店を畳まないので、食あたりを装って店を畳ませることにしたのだ。

絶対に熊吉の仕業だと露見してはいけないので、食あたりを申し出る者としては、熊吉と直《じか》に繋がらない奴を見繕った。また、その申し出を上手く処理するために、馴染みの同心に鼻薬をかがせて動かしたのだという。

「せやけどな」と喜平が言った

「おいらは止めたんや。そんなことをしてもしゃあないし、弥七のあにいの嫌がることをやっても逆の結果になるだけや」

「それにな」と語を継ぐ。

「一番違う思たんは、あの店を潰したらあにいが殺し屋に戻るいう話や。そない簡単なことであにいが殺し屋に戻ったりせんのは、おいらが一番よう知っとるからな」

喜平は両の手のひらを前に差し出し、にいと笑った。

「あにいがほんまにこっちに戻るためには、もういっぺん、ちゃんと人を殺さんとあかん。この手で、確かに。あにいの手はずいぶん白うなってもうてるからな、もういっぺん、ちゃんと赤くせなあかん。だからあいつらを残しといたんやで」

喜平は熊吉一家が転がる奥の間を指さした。

「なあ、あにい。あいつらを殺して、もういっぺんこっちに戻ってくれよ。あにいは天才や。あにいに憧れて、追いかけて、でもまだまだ追いつかれへん。ほんまに凄いんや。あんなに才があるのに、料理屋で燻《くす》ぶってるなんてもったいなすぎるわ。そんなくだらんことは、もうええやろう」

――あの人はほんまは料理屋手伝ってるような人ちゃうねん。あの人のええところを輝かせんまま、こんなことしててええんやろか。

ふと、みと屋で喜平が言っていたことを思い出す。

「な、あにい。昔みたいにやろうや。二人っきりで、楽しく、馬鹿やって生きようや」

喜平は本当に弥七のことを慕っているのだろう。弥七に救われて以来、ずっと弥七を追いかけてきたのだ。それは依存とも言えるし異様だとも言える。しかし、喜平にとっては、弥七と共に裏の世で生き続けることだけが、己の幸せになってしまっているのだろう。

弥七は喜平の話を黙って聞いていた。その背中からは何を思っているのか窺《うかが》い知ることはできない。

「あたしね」

そんな弥七が、静かに口を開いた。

「もうあの仕事が面白くなくなっちゃったの。ううん、端《はな》から面白いなんて思ってはいなかったんだわ。今、みと屋にいるほうがもっと自由で楽しくて幸せなの。あんたの言う通り、あたしは料理屋より殺しのほうが仕事としては向いてるし、確かに才もあるのかもしれない。でもね。それよりも心が幸せなほうが、今のあたしにとっては大事なの。だからここにいるの。あんたから見たらくだらないことやってるかもしれないけど、それを決めるのはあんたじゃない。あたし自身なのよ」

いつもと変わらぬ優しい声音。しかし有無を言わさぬ強さが、口ぶりには含まれていた。

「だからごめんね。もうあの頃には戻れないの」

喜平は顔から笑みを消し、弥七を睨みつけた。

「それ、本気で言うとんのか」

「ええ、そうよ」

「ほな、俺と勝負してくれや」

「勝負？」

「あにいとおいらだけの戦いや。おいらが勝ったら、あにいはみと屋を離れて殺し屋に戻る。あにいが勝ったらあにいの言うことなんでも聞いたる」

「そんな勝負やったって、なんの得もないじゃないの」

「あにいが勝負を受けるんやったら、おいらはみと屋に一切の手出しはせえへん。せやけど、勝負を受けへん言うんやったら、知らんで」

喜平は弥七から視線をずらし、後ろに座する銀次郎とお鈴に目を向けた。

「そんなことしたら、あたしが絶対に許さないわよ」

「ほな、受けてくれるんやな」

弥七が深いため息をついて、「分かったわ」と言った。

「あにいと差しで戦えるなんて身震いもんや。悪いけど、本気でやらせてもらうで。勝負は何でもありや。もちろん、殺しても殺されても文句なしやからな」

＊

熊吉の屋敷に着いた時分は赤みがかっていただけの空も、今では赤黒い闇が大気を包み込もうとしている。まだあたりははっきり確認できるが、弥七と喜平の顔は妙に黒く染まって見えた。

室内では足場が悪いため、屋敷の庭に勝負の場所を移した。池の脇に立つ二人は、お互いに十分距離を取って向き合っている。

弥七は草履《ぞうり》で喜平は裸足《はだし》だ。足元で玉砂利が音を立てる。風が吹いて、庭の植木がざわりと鳴った。


お鈴達の身の危険など気にしなくていいから、こんな勝負受けなくていい。そう弥七を止めたかった。過去を悔いて墓参りをしている弥七の姿が脳裏に浮かぶ。まっとうに、真面目に生きている弥七に、再び過去に囚われてほしくなかった。しかし喜平との間に満ちた迫力に何も言い出せぬまま、ここまで来てしまった。

銀次郎がなんとかしてくれるのではないかと、縋《すが》るような目を送ったが、銀次郎は首を横に振った。腕を組み、口を真一文字に結んでいる。弥七の覚悟を受け止めろ。そう言っているように思えた。

二人に目を戻すと、喜平の右手には簪《かんざし》が握られていた。銀色をした細くて長い簪《かんざし》だ。くるりと一回しして、逆手に持ち変える。

「あにいも得物《えもの》を出しなよ。あるんやろう。カマイタチがさ」

弥七は無言のままに袂に手を入れ、木鞘に納められた匕首《あいくち》を取り出した。こともなげに引き抜き、鞘を脇に放り投げる。

弥七は構えるでもなく、だらりと手を伸ばした。命のやりとりをする気負いはまるで感じられず、軽い風呂敷包みでも提《さ》げているようだ。しかし手の先には確かに鈍く光る白刃がある。刃はよく磨かれていて、薄闇の中でも輝きを纏っていた。

お互いの佇《たたず》まいは対照的だ。喜平は腰を落として隙を窺っているのか、眉を寄せて睨みつけている。対して弥七は無表情。ただそこに突っ立っているという様子だ。

そのままぴくりとも動かない。

まるで刻が止まっているかのようだ。

張り詰めた緊張で、粘りのある汗が額に垂れた。

お鈴は祈るように両手を胸の前で組んだ。こんな勝負をする必要があるのか、いまだによく分からない。しかし、互いにとってやらなければいけないことだというのも、なんとなく得心がいくところはあった。それは男同士のけじめでもあるのだろう。だからお鈴には黙って見守ることしかできないし、もはや止められない。ただ願うのは、どうかどちらかが命を落としたり深手を負ったりすることがないように、ということだけだ。

ふいに草木が揺れ、鳥が何羽か飛び立った。

刹那《せつな》。喜平が動いた。

身体を落として土を蹴る。

あっと思う間もなく、風のように弥七に飛びかかった。

見届けようと思っていたのに、無意識に顔を両手で覆っていた。漏れそうになる悲鳴を、必死で喉の奥に抑え込む。人が倒れる鈍い音がした。

——弥七さん。

やられたと思った。

それくらい喜平の動きは速く、弥七はあまりに無防備だった。

立ち尽くしたままの弥七の喉元に、簪《かんざし》の切っ先が深々と突き刺さった。

そう、見えたのだ。


しんとした静寂が広がった。

声も、物音も響いてこない。

お鈴は顔を覆う手をこわごわと下ろした。眼前に広がる光景を目に入れるのが恐ろしかった。首から血を流して倒れ伏す弥七の姿があったらどうしよう。己はそれを受け止められるだろうか。暴れる胸を押さえながら目を開く。

そこには、思いもよらぬ光景が広がっていた。

玉砂利の上に倒れ伏す喜平。そして、その身体の上に圧《の》しかかり、首元に匕首《あいくち》を突きつける弥七の姿だった。

「え」

気の抜けた声が漏れた。

呆然としているお鈴の隣で、銀次郎が前に進み出た。

二人を見下ろすように立ち、重々しく告げた。

「勝負あった。弥七の勝ちだ」

喜平は組み伏されながらも、鋭い眼差しを弥七に向けていた。しかし銀次郎の言に、ふっと身体の力を抜いた。握り締めていた手から、銀の簪《かんざし》が滑り落ちる。

それを見て、お鈴はやっと安堵の息を吐いた。

＊

「やっぱりあにいはばけもんみたいに強いなあ。ちいとも歯が立たんかったわ」

「何言ってんのよ」

弥七は立ち上がり、乱れた襟を直した。落ちていた喜平の簪《かんざし》を拾い上げる。

「あんた、負ける気だったでしょ」

喜平は力なく笑った。

「へっ、そこまでお見通しか。かなわんなあ」

「あたしが返しの技を出すと思ったんでしょう」

「ああそうや。まっすぐ急所を狙ってくる初撃を見極めて、その勢いを活かして相手の息の根を止める。あにいが教えてくれた殺し屋と相対した時の最強の技や。その技を出さんとあかんくらいには本気でいったつもりやったんやけどなあ。まさか気づいたら投げられるとは思わんかった。あれは体術かなんかか」

「さあてね」

弥七は喜平の傍にしゃがみ込んだ。

「ねえ、あんたは、何がしたかったのよ」

「言うたやろ。あにいが殺し屋に戻るには、もういっぺん手を血で汚さなあかん。でも、あにいが熊吉の野郎どもを殺すとも思ってへんかったから、それやったらおいらが死んだらええと思ったんや。あにいは殺しの天才や。あにいの才を再び開かせる糧《かて》になれるんやったら、本望や」

「ばかだねえ。本当にばかだ」

真顔で喜平を見つめていた弥七は、やっと口元に寂しげな笑みを浮かべた。

「そんなことして、あたしが喜ぶとでも思ったのかい」

「しゃあないんや。おいらにはあにいしかなかったんや」

「あたしのことなんか気にせず、もっと自由に生きたらいいじゃないの」

「あにいは覚えとるか。おいらを拾ってくれた時のこと」

「ええ、覚えてるわよ」

弥七は薄く笑いかけた。

「この世のすべてを憎んでいる目をして、ずいぶん腹を空《す》かせた小さな子どもだったっけ」

喜平は無言で頷いた。

「糞みたいな親んとこに生まれて、碌《ろく》なもん食わせてもらえんかった。殴られる蹴られるは当たり前で、ぼろ切れみたいなガキやった。頼れる奴なんておらんから、生きるためにやれることはなんでもやったわ」

喜平は大の字になり、空を振り仰いだまま話し続ける。

「なんやある日、女みたいな男を見つけたんや。なよなよしとるし、弱そうやし、これはええ鴨やから身ぐるみ剥いだろうとしたら、逆に叩きのめされてなあ。こらあかん、殺されると思うてたら、そのまま定食屋に引きずられていって、山盛りの飯を食わせてくれた」

——好きなだけ食いなよ。今日はあたしの奢りだからさ。

「大した定食屋ちゃうから、味は普通や。でもあん時の白飯がなあ。死ぬほどうまかったんや。涙ぼろぼろこぼしながら食うたから変にしょっぱかったけど、そらもう、うまかったたんや」

喜平の眦《まなじり》からは、涙の雫が垂れていた。

「あれからあにいは働き口を世話してくれたけど、すぐにやめてもうた。でもそれは性に合わんかったからと違う。あにいに憧れたからや。殺しや用心棒の手伝いなんてやめろってずっとあにいは言うてたけどな、あにいみたいにかっこええ殺し屋になりたかったんや。あにいと一緒にいたかった。それだけなんや」

静かな夕闇の中に、喜平の想いが響く。

喜平の生い立ちは三太のようだ。三太や喜平のように、お鈴には見えていなかった子ども達がたくさんいるのだろう。

──ねえ新之助さん、この子が使える子だったらさ、小者にしてやってくれないかしら。

新之助が人捜しをしていた時に、弥七はそう言った。このままだとお天道様《てんとうさま》の下を歩けなくなっちまう、とも。

それはもしかして、喜平のことを心のどこかで悔いていたからではないか。だからああやって新之助の下につけたのではないか。陽の当たる場所に戻れなくなってしまう前に。そんなことをふと思う。

熊吉の手となってみと屋に近づいた喜平は許せない。しかし、訥々《とつとつ》と語られる言葉を聞いていると、どうしても憎むことはできなかった。

「なあ、あにい。なんで、あの時、おいらを連れていってくれへんかったんや」

喜平は空を見つめたままだ。

弥七は立ち上がり、喜平の視線の先に顔を向ける。

いつの間にか、丸い月が姿を現していた。

「ごめんね」

囁くような声だった。

「あんたがあたしに憧れてたのは分かってたわ。でもね、あたしなんかに縛られずに、もっと自由に生きてほしかったのよ。あたしみたいに裏の道から抜け出せなくなる前にさ」

「別にそれでよかったんや。あにいはいっつもかっこよかった」

「あたしもあんたみたいな境遇だから、裏の道に進まざるをえなかった。でも、まっとうに生きられるならそのほうがいいに決まってる。あたしは今も悔いてるわ。たくさんの人を殺《あや》めてしまったことを。そして、あんたを裏の道に引きずり込んでしまったことを」

「そんなことない。おいらは幸せやった。あにいとおることだけが幸せやった」

「他人に寄りかかっているのは幸せとは言わないわ。幸せってのは自分で見つけるもんよ」

「そんなこと言われても分からへん。おいらは、あにいみたいに器用に生きられへんのや」

喜平は深くため息をついた。

「あにいのためになんもでけへんのやったら、死んだほうがましや」

「だめよ」

弥七がぴしゃりと言った。

「生きなさい。そしてあんただけの幸せを見つけなさい。勝負に負けたら言うことをなんでも聞くって言ってたでしょう。これはあんたへの命令よ。生きなさい」

喜平は手に力を入れ、身体を起こした。乱れた髷《まげ》のまま着物についた汚れも落とさず、ゆらりと立ち上がる。

「生きるってのは、苦しいなあ」

ぼんやりした目で呟き、背を向けた。

右へ左へ身体を揺らしながら、裸足《はだし》で歩き出す。

闇の中に背中が沈み、輪郭がおぼろげになっていく。

瞼の裏に喜平の色んな顔が浮かんだ。

買い出しに行った帰り、みと屋に客を連れてきてくれた礼を伝えた時の、戸惑いいつも少し嬉しそうだった顔。

皿洗いを手伝ってくれた時の顔。

うめえなあと言いながら賄《まかな》いをみんなで食べていた時の顔。

お鈴には、それが偽りの顔だったとは思えなかった。銀次郎はみと屋の評判を下げるために客を呼んでいたのではないかと言ったが、ただ弥七とみと屋に近づくだけならばあそこまで熱心に働く必要はないように思えた。

それに、先ほど喜平が話してくれた、白飯の思い出。

喜平自身も飯に道を開いてもらった一人なのだ。誰かの心を支えようとする銀次郎やみと屋の心意気を、実は好きになっていたのではないだろうか。少なくともお鈴は喜平がいてくれたみと屋が好きだった。短い間でも、喜平は確かに店の仲間だった。

小さくなる喜平の背中。そこに向かって呼びかけようとした時、お鈴より先にだみ声が飛んだ。

「おめえ、またみと屋で働かねえか」

銀次郎が投げた言葉は、奇《く》しくもお鈴が伝えようとしていたことと同じだった。

喜平は一瞬足を止めた。

ためらっているような、迷っているような。そんな足の止まり方だった。

その背中を三人で見守る。もう一度、あの笑顔を見せてくれないか。そうしたら笑って迎え入れるのだ。

どれくらいの間があったかは分からない。しかし喜平は振り向くことはなく、再び歩を進め始めた。

やがてその背中は闇に溶けていった。

銀次郎と弥七とお鈴は、その闇をしばらく見つめていた。

三

看板障子を開けると、柔らかな光が目に飛び込んできた。

よく晴れた日だ。ちぎれ雲がゆったりと流れ、鳥が天高く舞う。みと屋の前に聳《そび》える柳の木も、力強い陽を浴びて生き生きとして見えた。

お鈴は紺に染め抜いた暖簾《のれん》を店先にかけた。はらりと揺れる暖簾《のれん》を見て、うんと頷く。

そう、今日からみと屋の営業が再開するのだ。

喜平が去った後、入れ違いのように新之助が仲間を連れて駆けつけ、熊吉一同は召し捕られていった。

食あたりの黒幕に熊吉がいたことやお鈴達が屋敷に向かったことを三太が新之助に伝え、慌てて飛んできたらしい。

喜平に伸《の》されていた男の中には、熊吉の他、食あたりにあったと申し立てた者もいたらしい。ほとぼりが冷めるまで見つからぬよう、例の屋敷に監禁されていたようだ。新之助が厳しく問い詰めるとあっさりと何もかも白状し、その甲斐《かい》あって食あたりの一件はすべて明らかになった。熊吉一家は所払いとなり、鼻薬をかがされていた悪徳同心も咎めを受けた。

こうしてみと屋への疑いは晴れ、再び店を開けられるようになったのだ。

嬉しいことなのだが、お鈴は手放しで喜べなかった。

嫌がらせで汚された板壁は、綺麗に磨き上げた。店を閉めている間は毎日厨房や店内の掃除をしていたので、外も中もぴかぴかだ。以前より綺麗になっているかもしれない。

しかし、店の評判は汚されてしまったままだ。

奉行所からの疑いは晴れたとはいえ、一度ついてしまった不信は容易に拭い去られない。

たとえ店を開けることができても、客が来てくれるものだろうか。胸の内には不安が渦巻いていた。

店に戻ると、弥七が迎えてくれた。銀次郎は小上がりで胡坐《あぐら》をかいている。膝の上にはくろが丸くなっていた。

「さ、いよいよみと屋が再開ね。腕が鳴るわあ」

「あら、どうしたの。お鈴ちゃん、元気がないじゃない」

「あ、いえ。その、お客さんが来てくれるか少し心配で」

「確かにそうね」と弥七は声の調子を落とした。

「でも大丈夫。もともとみと屋は客が来ないところから始まった店よ。また閑古鳥《かんこどり》から始めればいいじゃない」

「一から真面目にやり直せばいい」

銀次郎が煙管《キセル》を口から外して、息を吐いた。煙がゆったりとたなびいていく。

「真面目に生きていりゃあ、人生なんて案外なんとかなるもんだ。まあ、俺が言えた義理じゃねえがな」

「本当よ。親分が真面目だなんてどの口が言ってるのよ」

「うるせえ、ばかやろう」

などとやっていると、看板障子がからりと開いた。

「おう、客かい」

銀次郎はすぐさま「なんでえ、てめえか」と不機嫌そうにする。

暖簾《のれん》をくぐって入ってきたのは、新之助だった。

「やっとお鈴さんの料理が食べられると聞いて、飛んで参りました」

「新之助さん。このたびはありがとうございました。おかげでお店を開けられました」

お鈴は深々と頭を下げた。熊吉の捕り物だけでなく、悪徳同心の追及など、新之助が奉行所で色々働きかけてくれたおかげで、早々にみと屋の冤罪《えんざい》が晴れたのだ。

「いえ、むしろ私こそ力不足で申し訳ありません。もっと早くに気づいていればこんなことにならなかったのに。それに同輩があのような不正に手を染めるなど、腹立たしい心持ちでいっぱいです」

「そんなことありません」

「しかしそれはさておき、お鈴さん、いったいどういうつもりなのですか」

新之助が急に目を吊り上げて詰め寄ってきた。

「ど、どうしたんですか」

「破落戸《ごろつき》一家の屋敷に行くなんて、危ないではないですか。怪我を負わなかったからいいようなものの、もう三太から話を聞いた時には、生きた心地がしませんでした」

「す、すみません」

「もう二度と、あのような真似はしてはいけませんよ」

「はい。ありがとうございます」

肩を縮めて謝ると、新之助は表情を緩めて笑った。

お鈴のことをひどく案じてくれていたようだ。その心が胸に染みた。

「あのさあ。俺のことをもっと褒めてくれてもいいんだぜ」

新之助の足元からひょっこりと三太が顔を覗かせる。

「なんたって熊吉の野郎を突き止めたのは俺だからな」

へへん、と得意げに鼻の下を擦《こす》る。

「本当にあんた大手柄よ。偉いわあ」

弥七が飛んできて、頭をわしわしと撫でた。

銀次郎が明後日《あさって》の方向を向きながら、ぶっきらぼうに「よくやった」と言う。

「三太ちゃん、あなたのおかげでみと屋が救われたの。本当にありがとう」

お鈴は腰を落とし、三太の目を見て礼を伝えた。

「な、なんだよ。ま、俺にかかれば大したことじゃねえよ」

三太が気恥ずかしそうに目を逸らす。

と、再び暖簾《のれん》が揺れた。

「やっぱりみと屋は、紺の暖簾《のれん》が似合うわね」

優雅に足を踏み入れたのは加代だ。

「加代さん」

「みと屋が店を開けるっていうから、久しぶりに食べに来たのよ。あら、新之助様じゃない」

加代は新之助の隣に腰かけ、あれやこれやと話し始めた。急に店の中が賑やかになる。

「ま、いつものみと屋だわねえ」

弥七が腰に手を当て、やれやれと苦笑した。銀次郎は「ふん」と鼻を鳴らし、煙管《キセル》をふかし始める。

お鈴は厨房に入って、調理にとりかかろうとした。

その時だ。

看板障子がからりと開いた。

「おう、客かい」と迎えられたのは、ぞっとするほど整った顔立ちの男。口には紅を差した洒落《しゃれ》者だ。

「あらまあ、どうしたのよ」

「ちょいと近くに来たもんでね。祝儀がてら寄らせてもらいましたよ」

親しげに弥七と話す男の顔は、お鈴にも見覚えがあった。以前に世話になった損料屋「天草屋《あまくさや》」の主・四郎《しろう》だ。借りられぬものはないという店で、日々の暮らしの小物から、人の手配まで、はたまた裏の借り物も手配するという。若々しい四郎自身の年も不詳というから、つくづく奇妙な男である。

「四郎さんじゃないですか」

「やあ、お鈴さん。久しいね。今日はあんたの料理を食べに来たんだよ」

「ありがとうございます」

勢いよく返事をすると、四郎の背後から「やってるの」と声が上がった。おずおずと顔を見せたのは、三十がらみの女だ。

くろがにゃあんと鳴いた。気づいた女は優しく笑い、手招きする。くろが銀次郎の膝元からぴょんと飛び、女の手の中に走り込む。

「元気そうでよかった」

「おミヨさんじゃないですか」

くろの飼い主だったお粂《くめ》の娘・おミヨだった。

「その、さ。店がまた開くって噂《うわさ》を聞いたからさ。来たんだよ」

「はい。そうなんです。ありがとうございます」

面映《おもは》ゆげに言うおミヨに、頭を下げる。

それからも続々と客が店を訪れた。

草双紙好きの仁三郎《にさぶろう》、紙問屋の仙一《せんいち》。竹細工を手がける甚吉《じんきち》、点をつけるのが好きなおきぬ。みな、みと屋を訪れたことのある者達ばかりだ。何度も店に来てくれていた者もいれば、久しぶりの者もいる。きっとそれぞれにみと屋のことを案じて、再び店を開けたと耳にして訪れてくれたのだろう。

ありがとうございます、ありがとうございます。

口々に礼を言うお鈴の目には、いつしか涙が浮かんでいた。

客に交じって笑い声を上げる弥七も、心から嬉しそうだ。

銀次郎は小上がりでむっつりと煙管《キセル》を吸っているが、眦《まなじり》に光るものがある。

いつの間にか、みと屋は客でごったがえしていた。

自分の信じた道を選んでよかった。

あたしは今、幸せだ。そう思う。


人生には色んな道がある。思うようにいかないこともあるし、自分ではどうしようもないことだってある。楽しいことよりも苦しいことのほうが多いのだろう。しかしその中で己の信じる道をまっすぐ真面目に歩んでいれば、報われることもきっとある。

それは梅雨の中の晴れ間のような一瞬のことかもしれない。けれど、かけがえのない幸せの一瞬だと思った。

浮かび続ける涙を袂で拭い、みなの料理を作るべくお鈴は厨房へと向かった。

終

「客が来ねえ」

「暇ねえ」

銀次郎は小上がりの隅に陣取り、弥七は床几《しょうぎ》にだらりと寝転んでいる。

「お二人とも、お茶でもいかがですか」

「あら、お鈴ちゃん、ありがとう」

それぞれの脇に湯飲みを置いてやる。

「あーあ。みんな薄情よね。あんなにわんさか詰めかけてくれたのに、すっかりご無沙汰になっちゃってもう」


みと屋の再開からしばらくは大賑わいだった。

銀次郎達に世話になった客や、お鈴の料理を懐かしむ客達が顔を見せ、不安なんて吹き飛ばすかのように活気づいた日々が続いていた。

しかし客達もさすがに毎日通ってくれるわけではない。馴染みの客足も落ち着き、すっかり閑古鳥《かんこどり》の鳴くみと屋に落ち着いていた。

「こんなことなら、首根っこひっ掴んででも喜平をもう一回雇っておけばよかったわ。そうすればあの子がたんまり客を呼び込んでくれたのに」

「そんな小細工をしても仕方がねえ。うまい飯を安く食わせてやる。それをやってりゃあ、おのずと客はついてくるもんだ」

「もう、親分ったらいっつもそれしか言わないんだから」

「うるせえ、ばかやろう」

お鈴は床几《しょうぎ》に腰かけた。茶を飲んで喉を潤す。

ゆっくりとみと屋を見回した。小上がりに床几《しょうぎ》が二つ。壁には神棚が据えつけられている。

神棚の上には木彫りのバッタが飾られている。そしてその隣に輝くものがあった。

喜平が残していった銀の簪《かんざし》である。

外からの陽光を受けて、きらりと光を放っていた。

「喜平さん、どうしてるんでしょうね」

ぽつりと口にした。

弥七は床几《しょうぎ》から身体を起こし、「さあてね」と答える。

「でも、きっと元気でやってるわよ」

あれから喜平の足取りは杳《よう》として消え、どこへ行ったのかは分からない。弥七が捜してみたようだが、何も辿れなかったそうだ。もしかしたら江戸から離れてしまったのかもしれない。

弥七なりに思うことはたくさんあるだろう。しかし、喜平が元気でやっていることを誰よりも信じているのだと、口ぶりからは感じられた。

きっと元気でやっている。お鈴もなぜかそんな予感がしていた。

あの大坂訛りの抜け切らぬ口調で、あの犬のような可愛い笑顔で。

そして今度こそ、自分だけの幸せをどこかで見つけているに違いない。

くろがやって来て、銀次郎の膝の上に飛び乗った。身体を丸めて目を瞑る。銀次郎がむっつりした顔のまま、背を撫でた。

「そのうちに鯉のぼりでも上げたいわねえ。柏餅やちまきも食べなくちゃ。お鈴ちゃん作れるかしら」

「もちろんです」

「そうだ、やるって言いながらすっかり忘れてたわ」

「なんのことですか」

「お鈴ちゃんがこの店に来て、もうすぐ一年よ。そのお祝い」

弥七がそんなことを言っていたのを思い出す。

話が出てからすぐに喜平が来たり、みと屋への嫌がらせが始まったり、食あたりがあったりしてみんなすっかり頭から抜け落ちていたのだ。

「今度こそやりましょう、新之助さんや加代さんも呼んでさ。そうだ、三太も呼んであげなきゃね」

あっという間の一年で、いまだに実感がない。あまりにも色んなことがあって、夢を見ているような気持ちにすらなる。

しかし、このみと屋で、銀次郎と弥七と共に過ごすことができて、本当によかったと思う。

「はい、やりましょう」

お鈴は元気よく答えた。

「ねえ、親分、お鈴ちゃん」

弥七が呼びかけ、二人の顔を交互に見つめる。

「これからもずっと、みんなで、この流行《はや》らない店をやっていきましょうね」

お鈴は弥七を見つめ返し、「はい」と頷いた。

――みと屋で、このみんなで、やっていくんだ。

それこそがあたしの本当にやりたいことだから。

銀次郎が「ふん」と鼻を鳴らす。

「流行《はや》らない、は余計だ」

「だって本当のことじゃない」

「うるせえ、ばかやろう」

やいのやいのと言い合いを続ける銀次郎と弥七。

くろが膝の上で、大きくにゃーおと鳴いた。

看板障子がからりと開いて、暖簾《のれん》が揺れた。

「おう、客かい」

銀次郎のだみ声が飛び、「いらっしゃいませ」とお鈴は元気よく立ち上がった。

参考文献

「江戸料理読本」松下幸子著　ちくま学芸文庫
「江戸うまいもの歳時記」青木直己著　文春文庫

江戸の人情飯めしあがれ

藩の陰謀に巻き込まれ行方不明となった父を捜し、江戸にやってきた駆け出し料理人のお鈴。

行き倒れたところを助けられたことがきっかけで、心優しいヤクザの親分、銀次郎の料理屋で働く鈴は、様々な悩みを抱えるお江戸の人々を料理で助けていく。

そんなある日、鈴のもとに突然、父からの手紙が届く。そこには父が身体を壊して高価な薬を必要としていると記されていて――!?

定価：737円（10%税込み）　ISBN:978-4-434-31006-5

イラスト：ゆうこ

この作品に対する皆様のご意見・ご感想をお待ちしております。

おハガキ・お手紙は以下の宛先にお送りください。

【宛先】

〒150-6019 東京都渋谷区恵比寿4-20-3 恵比寿ｶﾞｰﾃﾞﾝﾌﾟﾚｲｽﾀﾜｰ 19F
（株）アルファポリス　書籍感想係

メールフォームでのご意見・ご感想は右のＱＲコードから、
あるいは以下のワードで検索をかけてください。

アルファポリス　書籍の感想　検索

ご感想はこちらから

アルファポリス文庫

料《りょう》理《り》屋《や》おやぶん　～まんぷく竹《たけ》の子《こ》ご飯《はん》～

千川冬（せんかわ とう）

2024年1月31日初版発行

編　集－反田理美・森 順子
編集長－倉持真理
発行者－梶本雄介
発行所－株式会社アルファポリス
〒150-6019 東京都渋谷区恵比寿4-20-3 恵比寿ｶﾞｰﾃﾞﾝﾌﾟﾚｲｽﾀﾜｰ19F
TEL 03-6277-1601（営業）　03-6277-1602（編集）
URL https://www.alphapolis.co.jp/
発売元－株式会社星雲社（共同出版社・流通責任出版社）
〒112-0005 東京都文京区水道1-3-30
TEL 03-3868-3275
装丁イラスト－ゆうこ
装丁デザイン－西村弘美
印刷－中央精版印刷株式会社

価格はカバーに表示されてあります。

落丁乱丁の場合はアルファポリスまでご連絡ください。

送料は小社負担でお取り替えします。


ISBN978-4-434-33327-9 C0193